PETITES HISTOIRES DES EXPRESSIONS DE LA MYTHOLOGIE

© Flammarion pour le texte et l'illustration, 2013
87, quai Panhard-et-Levassor – 75647 Paris Cedex 13
ISBN : 978-2-0812-8816-4

BRIGITTE HELLER

PETITES HISTOIRES DES EXPRESSIONS DE LA MYTHOLOGIE

Illustrations de Frédéric Sochard

Flammarion Jeunesse

Petites histoires des expressions de la mythologie... grecque

Avez-vous déjà rencontré votre « sosie » ? Ou bien celui d'une personne que vous connaissez ? Qu'avez-vous ressenti alors ? Avez-vous été « médusé », ou « paniqué » ?

Peut-être connaissez-vous aussi quelqu'un qui est « riche comme Crésus »... Ou tel autre qui se croit « sorti de la cuisse de Jupiter » ? Ce qui est sûr en tout cas, c'est que, si vos notes ne sont pas bonnes, la punition vous guette, telle une « épée de Damoclès ». Et qu'il vaut mieux vous ressaisir plutôt que de voir votre moyenne « tomber de Charybde en Scylla ».

Tout cela est du charabia ? Et pourtant ces expressions ont une histoire ! Des joies, des drames, des aventures sont à l'origine de chacune d'elles. Nouons donc un lien magique avec le passé et plongeons au cœur de la mythologie.

Si, dans ce recueil, je me suis contentée d'aborder la seule mythologie grecque, bien d'autres expressions ont vu le jour, issues de la culture romaine et gréco-romaine. Il m'était toutefois impossible de les rassembler toutes dans un seul ouvrage.

L'héritage grec est commun à tous les peuples d'Europe. Notre langue française « est du latin qui a évolué[1] », et vient donc en réalité du grec. Nous employons un vocabulaire légué par ce peuple, dont l'empreinte influence non seulement notre langage, mais a inspiré toute notre littérature, notre philosophie ou notre politique. Le saviez-vous : le nom même de notre continent : l'*Europe,* nous vient de sa mythologie : c'est celui d'une jeune princesse dont Zeus était tombé amoureux et qu'il enleva, après s'être métamorphosé en taureau blanc...

Les Grecs étaient curieux et voyageaient beaucoup. Leur langue se propagea. Après sa conquête, la culture grecque continua d'enchanter Rome, qui lui emprunta ses dieux, changeant juste leur nom. Les Romains cultivés parlaient couramment le grec, et ces textes s'étudiaient à l'école. Des auteurs latins, comme Ovide, Virgile, et bien d'autres, reprirent ces histoires et ces mythes, parfois en les transformant.

---

1. Mots de Jacqueline de Romilly.

Pour vous raconter ces histoires, il m'a fallu remonter au VIIIᵉ siècle avant Jésus-Christ, époque où le poète Hésiode nous lègue ses textes sur la naissance du monde, des dieux et des hommes. Il est le premier à le faire mais bien d'autres poursuivront son œuvre. Son récit est cependant de loin le plus complet et je vais essayer de vous en faire un résumé afin que vous compreniez mieux les histoires qui vont suivre.

Hésiode raconte qu'au commencement du monde, le cosmos n'était qu'un trou noir nommé « Chaos ». Vous noterez que ce mot fait toujours partie de notre vocabulaire. Il signifie désordre, confusion, comme les éléments de l'univers avant la création du monde.

Du Chaos sortit Gaïa, la terre, qui engendra Ouranos, le ciel, mais aussi Pontos, l'eau de la mer et des fleuves, ainsi que les montagnes.

Au tout début, Ouranos n'est qu'un double de Gaïa. Une sorte de seconde peau qui la recouvre entièrement. Ils conçurent ainsi de nombreux enfants, très différents les uns des autres, mais qui ont ceci en commun qu'ils restent prisonniers dans les profondeurs de la terre. Les Cyclopes par exemple, au nombre de trois, qui sont des monstres ne possédant qu'un seul œil au milieu du front. Puis les Titans, six filles et six garçons doués d'une force extraordinaire et qui sont les premiers dieux – de là l'expression « une force titanesque », ou exceptionnelle, « un travail de Titan », ou colossal. Un métal blanc d'une très grande résistance a même été baptisé *titane*. Le *Titanic* lui-même, celui qui a fait naufrage en 1912, doit son nom aux Titans grecs.

Le plus célèbre des Titans est Cronos. À la demande de sa mère, il blesse Ouranos qui se sépare de Gaïa et prend de la hauteur. Il devient le ciel. L'espace existe enfin, avec la liberté de vivre pour tous ses enfants. Quelques divinités malfaisantes cherchent à venger Ouranos, mais en vain. Parmi elles se trouve Mégère, dont le nom est resté célèbre puisqu'une femme désagréable est aujourd'hui encore qualifiée de « mégère ».

Cronos épouse sa sœur Rhéa, et lui fait cinq enfants. Mais comme il est aussi stupide que son père et qu'il a peur qu'un de ses bébés prenne un jour sa place sur le trône, il les avale l'un après l'autre. Furieuse, Rhéa se venge à la naissance de leur sixième enfant. Au lieu du bébé, elle donne à manger à son époux une pierre enveloppée de langes, que le Titan ingurgite sans sourciller. Elle cache alors sur une île son dernier fils qui prend le nom de Zeus. Une fois adulte, Zeus se venge de son père en l'obligeant à vomir ses frères et sœurs ! Déméter, Héra, Hestia, Hadès et Poséidon sont délivrés...

Zeus épouse Héra et s'installe sur le mont Olympe. Ils ont deux garçons ensemble : Héphaïstos, le dieu des Forgerons, et Arès, le dieu de la Guerre. Mais le maître de l'Olympe, amoureux des femmes, a de nombreuses maîtresses et devient père souvent !

Athéna est une de ses filles, ainsi qu'Artémis, sœur jumelle d'Apollon, le plus beau des dieux – on dit aujourd'hui d'un très bel homme que c'est « un Apollon ». Hermès et Dionysos sont deux autres de ses fils.

La vie de tous ces dieux, à laquelle se mêle celle des mortels, n'est pas un long fleuve tranquille… Histoires de famille, jalousies, vengeances, mais aussi bonheurs, elles évoquent la vie elle-même. Car les textes d'Hésiode, d'Homère, d'Eschyle et de tant d'autres mettent en lumière la façon dont les humains abordent, ou subissent la souffrance, la mort et l'amour. Ils sont un héritage qu'il nous appartient de transmettre. Un patrimoine précieux légué aux humains et qui traverse le temps…

Pour ordonner les vingt-deux histoires qui suivent, j'ai choisi de diviser ce recueil en quatre grandes parties abordant chacune un thème plus particulier.

La partie I est consacrée aux expressions issues de divers récits sur les dieux. Elle est intitulée « Autour des dieux » et comporte trois chapitres :

1 – La vie des dieux, leurs aventures, avec quatre histoires d'amour, qui resteront à jamais gravées dans les mémoires, entre dieux et jolies femmes...

2 – Quand les dieux se montrent bienveillants, et où on les découvre attentionnés envers les humains, ne cherchant qu'à les aider et à les rendre heureux.

3 – Quand les dieux abusent de leur pouvoir et sont désagréables, punissant tous ceux qui leur déplaisent, même injustement !

La partie II est consacrée aux expressions tirées des textes d'Homère, et se divise donc en deux chapitres :

1 – Les histoires autour de l'*Iliade*, avec les dieux ou les héros à l'origine de la guerre de Troie, et les guerriers ou les humains qui l'ont vécue, supportée et haïe...

2 – Les histoires autour de l'*Odyssée*, et l'inoubliable Ulysse, affrontant avec courage dix années d'épreuves.

La partie III regroupe des expressions prenant leur source dans l'existence de simples mortels : « Autour des mortels », ces personnages qui seraient restés pour la postérité de parfaits inconnus si le destin – ou les dieux – ne s'en était pas mêlé...

La partie IV s'intitule « Et tant d'autres petites histoires... » et vous présente neuf courts récits autour d'autres expressions bien connues...

À présent, allons à la découverte de toutes ces expressions et de leurs histoires...

Partie I

AUTOUR DES DIEUX

1. Les dieux, leur vie, leurs aventures

Les quatre histoires qui suivent ont pour point commun l'amour des dieux pour les femmes, déesses, nymphes ou mortelles. Elles nous livrent l'origine des mots ou des expressions : « sortir de la cuisse de Jupiter », « avoir un sosie », « être paniqué » et « une balise Argos ».

« Sortir de la cuisse de Jupiter »
ou l'Histoire d'un amour brûlant...

— Pendant mon absence, sois prudente, Sémélé, n'accepte aucune visite d'un ou d'une inconnue, et reste toujours sur tes gardes !

Zeus était inquiet. Il partait en voyage pour quelques jours et se méfiait d'Héra, sa femme. Le dieu n'avait jamais été un mari fidèle, ayant de nombreuses aventures avec des nymphes, des déesses ou des mortelles. Et si Héra s'était toujours montrée très jalouse, passant son existence à l'espionner, elle ne se contentait plus à présent d'une simple dispute, même violente, pour régler ses comptes. Elle utilisait des subterfuges pour se venger de ses rivales et devenait cruelle...

— Tu me le promets ? insista le grand dieu.

Sémélé se redressa de la couche où elle était alanguie et posa tendrement ses mains sur le visage du dieu.

— Ne te fais aucun souci, je ne sortirai plus de ce palais jusqu'à ton retour. Je suis si heureuse ici. Qu'irais-je chercher en dehors de ses murs ?

Attendri, rassuré, Zeus la regarda avec amour. La jeune femme, fille de Cadmos, le roi de Thèbes, était sa maîtresse depuis plusieurs mois. Et voilà qu'à présent elle portait son enfant. Bien sûr, cela devait absolument rester secret.

Une semaine s'écoula, tranquille. Puis, un matin, la servante de Sémélé pénétra dans sa chambre, un grand sourire aux lèvres :

— Vous avez une visite qui va vous faire plaisir, dit-elle.

— Tu sais que je ne désire voir personne, soupira la jeune femme.

— Même votre chère nourrice ?

Le visage de Sémélé s'éclaira :

— Béroé ? Béroé est ici ? Bien sûr que je veux la voir ! Cela fait si longtemps... Je suis tellement contente, fais-la vite entrer...

Sémélé cacha cependant difficilement sa surprise en découvrant la femme voûtée qui se tenait devant elle. Comme sa nourrice avait vieilli ! Si les années avaient passé, transformant la jeune fille en femme épanouie, elles avaient fané le corps de Béroé. Émue, Sémélé contempla les cheveux blancs, le visage ridé, la démarche incertaine de celle qui l'avait vue grandir. Elle lui prit la main, l'aida à s'asseoir.

— Apporte-nous des figues, des noix, et de quoi nous désaltérer, ordonna-t-elle à sa servante.

Ensuite, pour ne pas montrer sa peine, elle se mit à bavarder.

Très vite, Béroé n'ignora rien de l'amour de Sémélé pour Zeus, des attentions que ce dernier lui prodiguait, et surtout de l'existence de ce bébé qui arrondissait déjà le ventre de sa mère. Curieusement, elle ne semblait pas très joyeuse.

— Je souhaite que celui que tu aimes soit bien Zeus, lui lança-t-elle soudain d'un air soupçonneux, mais quelle preuve en as-tu ? Pourquoi ne serait-ce pas un vulgaire mortel qui, pour te séduire se fait passer pour un dieu ? Cela arrive, tu sais...

Sémélé fut stupéfaite.

— Oh non, je ne peux me tromper ! s'écria-t-elle.

La vieille nourrice secoua la tête.

— Ah oui ? L'as-tu déjà vu muni de sa foudre, avec sa panoplie de dieu des Dieux ?

La jeune femme eut l'impression de redevenir une petite fille :

— Non, bien sûr, murmura-t-elle contrite.

— Eh bien, suis mon conseil, déclara Béroé d'une voix plus ferme. Demande-lui de se présenter devant toi dans la tenue avec laquelle il se tient face à son épouse Héra. Il n'y a qu'à ce moment-là que tu seras certaine de porter l'enfant d'un dieu !

Abasourdie, Sémélé ne retint pas sa nourrice, qui ne tarda pas à s'en aller, d'un pas beaucoup plus vif qu'à son arrivée. Durant les jours qui suivirent, la jeune femme ne cessa de penser à leur conversation et, parfois, le doute s'insinuait en elle : Zeus pourrait-il lui mentir et n'être pas Zeus, comme l'insinuait Béroé ? Elle n'y croyait pas vraiment, mais préféra en avoir le cœur net en faisant ce que lui proposait sa nourrice : demander à son aimé d'apparaître vêtu de sa tenue divine. Au moins aurait-elle ainsi le privilège de l'admirer dans tout son éclat, toute sa majesté...

Aussi, au retour de son voyage, à peine l'avait-il embrassée qu'elle l'interpella :

— Accorde-moi une faveur, mon amour.

— Tout ce que tu veux, tu le sais... Que désires-tu Sémélé ?

— Donne-moi d'abord ton accord avant de savoir ce dont j'ai envie, minauda la jeune femme.

Zeus se mit à rire :

— Quelle cachottière tu fais... Je te promets, je te jure même de consentir à n'importe lequel de tes vœux. Que le Styx, fleuve des Enfers, m'en soit témoin !

Il ponctua sa déclaration de mimiques amusées. Joyeuse, Sémélé tapa dans ses mains et s'exclama :

— Alors, va vite sur l'Olympe et reviens me voir vêtu comme tu l'es devant Héra, ton épouse...

D'un brusque baiser, Zeus interrompit la phrase de Sémélé, comme s'il ne voulait pas en entendre plus. Mais il était trop tard : l'essentiel du souhait de la jeune femme avait été formulé. Le dieu se sentit accablé de tristesse, et, en plus, il s'en voulait terriblement. Qu'est-ce qui lui avait pris aussi de jurer sur le Styx ? Ce fleuve qui enregistrait les paroles prononcées ? C'était le plus terrible des serments et même lui, le dieu des Dieux, ne pouvait faire à présent comme si de rien n'était, sous peine de subir une terrible punition. Sa promesse devait être exécutée. « Quelle idée est passée par la tête de Sémélé ? se demanda-t-il. Cela ne lui ressemble pas du tout ! »

— As-tu vu quelqu'un pendant mon absence ? interrogea Zeus, essayant de garder un visage impassible.

— Seulement ma nourrice Béroé, répondit Sémélé.

Pensif, Zeus passa une main sur la joue de son aimée. Il savait maintenant que cette suggestion idiote venait de sa femme Héra. Elle avait découvert sa liaison et, perfide, s'était fait passer pour une vieille connaissance de Sémélé.

— Je vais me préparer, comme tu le souhaites, déclara-t-il, mais ne crains rien, je ne serai pas long...

Et il s'éloigna, tournant la tête afin que Sémélé ne voie pas son beau sourire s'effacer, son front se plisser. Aussi la jeune femme ne devina pas son chagrin et, assise dans un fauteuil, resta à l'attendre, émerveillée. C'était bien le vrai Zeus qui l'aimait et, à présent, elle allait pouvoir l'admirer tout auréolé de sa gloire...

Là-haut, sur l'Olympe, Zeus choisissait sa panoplie. Sa foudre la plus légère, par exemple, même s'il savait bien, hélas, qu'elle était trop puissante de toute façon pour garder en vie un mortel...

Heureusement, lorsqu'il entra dans la chambre de Sémélé, la jeune femme sommeillait. Elle eut à peine le temps d'entrevoir une lumière fulgurante que déjà elle était aveuglée et que son corps, sans lui laisser le temps de souffrir, se consumait. Bouleversé, Zeus se précipita, arrachant le bébé qu'elle portait pour, en hâte, le coudre dans sa propre cuisse. Il sauva leur enfant, pas encore prêt à venir au monde...

Quelques mois plus tard, c'est le petit Dionysos qui sortit de sa cuisse : le futur dieu de la Vigne et du Vin.

L'histoire, celle qui traverse les siècles, n'a vraiment retenu qu'une des anecdotes de ce récit : celle de cette naissance très originale. Aujourd'hui, lorsqu'on parle de quelqu'un qui pense être exceptionnel, ou qui se montre très prétentieux, on dit qu'il se croit « sorti de la cuisse de Jupiter ». Jupiter étant, vous le savez sûrement, le nom latin de Zeus.

« Avoir un sosie »
ou Une si parfaite ressemblance

Longtemps Zeus resta perturbé par sa malheureuse aventure avec Sémélé. Il se sentait terriblement coupable d'être à l'origine de sa mort, même si, par ailleurs, leur enfant avait été sauvé. « Je ne prendrai plus jamais de risques inutiles », se promit-il.

Le temps passa, adoucissant sa peine. Et un jour où il se promenait incognito dans les rues de Thèbes, il croisa une superbe jeune femme. À nouveau, il tomba éperdument amoureux.

Elle se nommait Alcmène. Elle était douce, belle, intelligente et... mariée. Qu'à cela ne tienne, le grand dieu avait l'habitude. Mais hélas, pas elle ! Elle était vertueuse, sage, et très éprise de son époux Amphitryon. Elle ne laissa aucun espoir à Jupiter, dont elle ignorait bien sûr l'identité. Ce dernier fut stupéfait.

« Aurais-je perdu mon charme ? se demanda-t-il, inquiet. Il faut pourtant que je la séduise, que je trouve un moyen, quelque chose d'insoupçonnable... »

Zeus se renseigna. Il apprit que le bienheureux Amphitryon était général, et sut bientôt tout sur la vie du jeune couple. Il lui vint une idée, qui lui sembla très astucieuse et il convoqua Hermès. Le messager des dieux éclata de rire en écoutant l'histoire que lui raconta son père.

« Tu ne changeras jamais, lui dit-il gentiment, mais je veux bien t'aider. »

Ensemble alors, ils attendirent le moment opportun.

Quelques semaines plus tard, Alcmène achevait de dîner lorsque du bruit lui parvint de l'entrée de sa demeure.

« Il est bien tard pour une visite », s'étonna-t-elle.

Depuis une dizaine de jours, elle était seule. Son mari le général était parti régler un conflit au loin et ne devait pas revenir encore. À moins que... le cœur de la jeune femme s'affola. Ces voix d'hommes dans le couloir ne venaient-elles pas lui porter une mauvaise nouvelle ? Un accident, la mort de son cher époux peut-être ?

Une servante fit irruption dans la pièce. « Vous allez être surprise, Madame... »

Alcmène se leva, très pâle. Amphitryon marchait vers elle en souriant, sanglé dans son uniforme. À ses côtés son esclave, Sosie, avait une mine réjouie.

— Je n'en pouvais plus de vous savoir si loin de moi ! s'exclama le général en baisant la main de son épouse. Vous me manquiez trop, ma chère !

Étourdie, mais ravie, Alcmène contemplait son aimé, ne s'étonnant pas de son air détendu, de ses traits si reposés en plein règlement de conflit. Seule la présence de l'esclave la contrariait.

Tendrement, elle enlaça son mari et lui souffla à l'oreille : « Faites sortir, Sosie. » Et elle ne vit même pas le clin d'œil qu'échangèrent les deux hommes...

Elle ne s'aperçut pas non plus que cette nuit fut très longue, si longue qu'en fait elle en dura deux. Deux nuits d'affilée dans les bras d'Amphitryon qui n'était autre que Zeus, bien sûr ! Le dieu des Dieux avait demandé au soleil de ne pas apparaître l'espace d'une journée. Lorsqu'il quitta Alcmène, qui ne soupçonnait rien de cette supercherie, il savait déjà qu'elle attendait de lui un bébé...

Zeus croyait rester discret, ce ne fut pas le cas. Lorsque le véritable général retrouva son épouse, une semaine plus tard, elle ne se montra guère empressée, lui expliquant qu'ils s'étaient déjà rencontrés peu de temps auparavant. Éberlué, Amphitryon consulta un devin nommé Tirésias. Ce dernier lui expliqua qu'Alcmène l'avait trompé sans le savoir, couchant avec ce qu'elle croyait être son propre mari !

On dit que cette aventure fut la dernière qu'eut Zeus avec une femme mariée. Peut-être parce qu'Héra, ayant tout découvert, se vengea durement, comme à son habitude, sur l'enfant issu de cette union. Enfant mi-dieu mi-mortel, héros donc, qui prit le nom d'Héraclès...

Dans cette histoire en tout cas, la ressemblance entre les personnages, les vrais et les faux, était parfaite ! Zeus était Amphitryon, Hermès était Sosie. C'est pourquoi lorsque deux individus ont une apparence si semblable que l'on pourrait les confondre, on dit de l'un qu'il est « le sosie de l'autre... » Et ressembler à une personne au point qu'on vous prenne pour elle, c'est donc, pour l'une comme pour l'autre « avoir un sosie ».

« ÊTRE PANIQUÉ »
OU LE CHANT DE LA SYRINX

Hermès, le messager des dieux, éprouvait un grand plaisir à séjourner en Arcadie. Dans cette région montagneuse et boisée du centre de la Grèce, il marchait des heures, admirant les fleurs sauvages et écoutant le chant des sources et des ruisseaux.

Mais, comme son père Zeus, Hermès aimait aussi les femmes. Dans ces lieux rustiques, la nymphe Dryops lui plaisait particulièrement. Quelle joie fut la sienne quand, après avoir séduit la jeune femme, il apprit qu'elle attendait un enfant de lui ! Il délaissa l'Olympe, voulant absolument être présent lors de la naissance. Il ne se doutait pas le moins du monde de ce qui allait se passer...

Car lorsque le bébé vit le jour, la surprise qu'il causa à ses parents fut de taille ! Non seulement son petit visage était barbu, et deux courtes cornes surmontaient sa tête, mais la moitié inférieure de son corps était celui d'une chèvre... Pourtant, il avait l'air ravi et riait doucement.

Effrayée, Dryops poussa un cri d'effroi et, suivie de sa nourrice, s'enfuit en courant dans les bois. Hermès resta seul face à son rejeton :

— Eh bien, tu es un original, lui murmura-t-il, mais moi j'aime cela. Et que ta mère soit partie me comble de joie, car dorénavant c'est moi et moi seul qui m'occuperai de toi.

Avec tendresse, il enveloppa le bébé dans la peau d'un lièvre, le blottit contre sa poitrine, et partit rejoindre sa divine famille. Lorsqu'il s'assit aux côtés de Zeus et retira sa pelure à l'enfant, des rires et des exclamations enchantées fusèrent :

— Enfin un bébé peu commun ! s'exclama Athéna.

— Et joyeux, dit Poséidon, regardez comme il a l'air de s'amuser !

— Un peu de fantaisie nous fait du bien... avoua Héphaïstos, qui avait lui-même été rejeté par sa mère Héra parce qu'elle le trouvait laid.

— Quels mignons sabots... énonça Déméter attendrie. Il est tout comme un petit animal !

Dionysos, qui était né, je vous le rappelle, de la cuisse du roi des dieux, semblait le plus ému. Il s'approcha d'Hermès et lui prit l'enfant des bras :

— Il me plaît beaucoup. J'en ferai mon compagnon quand il aura grandi ! Comment allons-nous le nommer ? Le père a-t-il une idée ?

— Euh... non, je n'y ai pas songé, répondit ce dernier.

— Alors, laisse-moi te faire une proposition. Puisqu'il a charmé tous ceux de cette assemblée, je suggère que nous l'appelions Pan[1], en souvenir de nos sentiments communs envers lui.

Et c'est ainsi que Pan fit son entrée dans le monde très fermé des dieux. En grandissant, il en devint le représentant auprès des bois, des troupeaux et des bergers. Sa physionomie rustique, qui avait séduit les habitants de l'Olympe, ne faisait pas l'unanimité auprès des humains. Ceux qui croisaient ce personnage hirsute, mi-homme, mi-bête, étaient épouvantés. Aussi évitaient-ils de s'attarder dans les forêts...

Un jour qu'il était allé examiner la construction d'une ruche par un essaim d'abeilles, Pan rencontra une jeune nymphe inconnue de lui. Elle était vêtue d'un costume tout à fait semblable à celui d'Artémis, une chaste ceinture lui cernant la taille. Pan chercha sans attendre à la séduire.

— Comment te nommes-tu ? lui demanda-t-il, négligeant la grimace de dégoût qu'elle n'avait pu retenir en le voyant.

— Syrinx, balbutia-t-elle en faisant trois pas en arrière.

---

[1]. « Pan » signifie « tout », parce que l'enfant les avait tous charmés.

— Comme tu es belle ! s'exclama le dieu aux pieds de chèvre. Tu me plais beaucoup.

Le sentiment n'était pas réciproque, car la jeune femme, voyant Pan s'approcher, lui tourna le dos et s'éloigna en courant.

— Laissez-moi, supplia-t-elle, je n'ai pas la moindre envie d'être déshonorée...

— Ah, Ah ! ricana le dieu des Forêts. Quelle curieuse expression ! Être aimée d'un dieu est en général un honneur...

La pauvre Syrinx avait beau se hâter, Pan la suivait de près. Aussi, lorsqu'elle s'aperçut que sa course la menait face aux rives du fleuve Ladon[1], elle poussa un cri, et appela ses sœurs les Naïades au secours.

— Faites vite ! les implora-t-elle.

L'instant d'après, Pan posait les doigts sur elle. Mais, au lieu de sentir une peau douce, il se retrouva avec un roseau dans la main. Le vœu de la nymphe avait été exaucé...

— Oh non ! se lamenta le séducteur, quelle injustice...

C'est alors qu'un son étrange se fit entendre. Le vent chantait en s'engouffrant dans le roseau. Pan oublia immédiatement sa déception.

— Fort jolie mélodie ! s'étonna-t-il.

---

1. Le fleuve Ladon se trouve en Arcadie.

Il entreprit de couper plusieurs tiges de longueurs différentes, puis les assembla entre elles. Lorsqu'il souffla dans les roseaux, la sonorité qui en découla lui parut charmante.

— Voilà mon nouvel instrument, décréta Pan. Il s'appellera « la Syrinx » !

Il éclata de rire et s'en alla, jouant et dansant sur ses agiles sabots...

Comme le dieu du Vin Dionysos l'avait souhaité, Pan fut un élément important de son cortège, souvent d'ailleurs le premier. Et quand il n'était pas au milieu des Satyres, il adorait, comme les chèvres, bondir et sauter dans les bois, en compagnie d'un chien, son animal préféré...

Croyez-vous qu'en le croisant, vous auriez éprouvé une peur « panique » ? Car c'est de lui que vient cette expression, devenue aussi un nom commun. La *panique*, ou « être paniqué », c'est à cet original et bien inoffensif fils d'Hermès que nous les devons. Comme cette syrinx, que vous avez peut-être reconnue, et que nous appelons plus couramment « flûte de pan »... Le nom de Pan a été donné également à un satellite de la planète Saturne – Cronos chez les Grecs.

« Une balise Argos »
ou Celui qui voyait tout

C'était une journée superbe. De son promontoire montagneux, Zeus, l'air détaché, admirait la campagne aux côtés de son épouse. Du moins, c'est ce qu'il essayait de lui faire croire. En réalité, il s'absorbait dans la contemplation d'une jolie nymphe du nom de Io dont il voulait faire sa maîtresse. Hélas ! la dernière fois qu'il avait essayé de la séduire, la jeune fille avait fui et il avait dû renoncer à la poursuivre, craignant d'être surpris par Héra.

« Elle ne perd rien pour attendre », avait-il pensé.

Lassée par son silence, la femme de Zeus se leva :

— Je vais rendre visite à Déméter, lui dit-elle.

D'un signe de tête, le dieu des Dieux acquiesça. Mais, dès que sa femme disparut, il partit précipitamment lui aussi.

Savourant la chaleur printanière, Io marchait dans les prés. Soudain, le ciel s'obscurcit et un curieux brouillard l'entoura. Inquiète, elle cherchait à s'orienter lorsque deux bras puissants la saisirent. Et Zeus s'unit à elle.

Pendant ce temps, Héra rentrait plus tôt que prévu de son rendez-vous. « Tiens, Zeus est absent », constata-t-elle. Le cherchant du regard elle examina les alentours de l'Olympe et découvrit une étrange tache foncée sur la terre. « Pourquoi cet endroit est-il devenu si sombre ? se demanda la déesse en fronçant les sourcils. Comment se fait-il que le soleil ne l'éclaire plus ? »

Soupçonnant une nouvelle infidélité, d'autant que son mari s'était évaporé, Héra s'élança vers ce lieu, ordonnant aux nuages de se dissiper. C'est alors qu'elle découvrit Zeus aux côtés d'une génisse blanche de toute beauté.

— Mais que fais-tu donc ici, et à qui appartient cet animal ? questionna la déesse.

— Hum... je me délasse, répondit le dieu des Dieux. Quant à la génisse, elle est née comme cela, de la Terre !

— Ah, c'est étonnant, se moqua Héra. En tout cas, elle est vraiment superbe. Veux-tu me l'offrir ? Cela me ferait vraiment plaisir.

Zeus était stupéfait. Il ne s'attendait pas du tout à cela. Que faire ? Se séparer de la nymphe qu'il venait de métamorphoser lui faisait de la peine, mais s'il refusait ce cadeau à sa femme, elle se douterait que quelque chose d'anormal se tramait.

— Soit, dit-il à regret. Je te l'offre.

Bien sûr, Héra restait méfiante. Elle connaissait bien son mari et était convaincue qu'encore une fois il lui mentait. « Je vais faire surveiller cet animal nuit et jour par Argos, décida-t-elle. Ainsi, quoi que fasse Zeus, il ne pourra l'approcher. »

Argos était un monstre d'une force colossale doté de cent yeux placés tout autour de sa tête. On l'appelait aussi Panoptès – celui qui voit tout. Rien ne pouvait échapper à son contrôle puisque lorsque cinquante de ses yeux se reposaient, les cinquante autres veillaient. De plus, son regard se portait partout, à droite comme à gauche, devant comme derrière...

Zeus fut catastrophé lorsqu'il vit sa chère Io broutant tristement, attachée à un olivier. Il se sentait coupable qu'un sort si injuste lui soit imposé, mais ne voyait pas comment intervenir pour la libérer. Les semaines passèrent, aussi monotones les unes que les autres, et ponctuées parfois par des mugissements à fendre l'âme. Le dieu des Dieux, empli de remords, n'en pouvait plus. Il décida de s'épancher à nouveau auprès de son fils Hermès.

— Cette fois-ci, lui raconta-t-il, j'ai échappé de justesse à un drame. Un peu plus et Héra se trouvait nez à nez avec Io ! Je me demande cependant si je n'ai pas eu tort de transformer cette jeune fille. À présent, elle est enfermée dans un corps d'animal et elle souffre terriblement...

— Mais que veux-tu que je fasse ? Tu sais qu'il est impossible de tromper ce monstre. Ses yeux ne se reposent jamais tous à la fois...

— J'ai longuement réfléchi à tout cela, soupira Zeus, et il m'est venu une idée. Tu te souviens de cet instrument, la syrinx, que Pan a fabriqué ? Il paraît que certains se calment et s'endorment rien qu'en l'écoutant. Si tu en jouais un long morceau à Argos, cela l'assoupirait peut-être ? En tout cas, cela vaut la peine d'essayer.

— Pourquoi pas ? accepta le messager des dieux. Nous n'avons rien à perdre...

Et le voilà endossant un costume de berger, et marchant nonchalamment tout en soufflant dans sa flûte. Panoptès, qui s'ennuyait de sa surveillance continue, le vit arriver avec soulagement.

— Joue, joue pour moi, demanda-t-il. Le temps est si long ici...

Et Hermès souffla dans la syrinx, improvisant pendant des heures. Argos ne semblait jamais fatigué. Nombre de ses yeux restaient toujours ouverts. Pour se donner du courage, ou trouver de la patience, le fils de Zeus contempla la belle génisse. Il changea de répertoire, choisissant des mélodies de plus en plus lentes. Le temps passant, il s'aperçut que les paupières de Panoptès se fermaient peu à peu. Il attendit encore, vérifia que plus un œil n'était aux aguets, puis sortit son couteau. Argos ne rendit compte de rien, mais sa tête fut coupée... de même que la corde qui retenait prisonnière la vache blanche...

L'épouse de Zeus, furieuse de la mort du géant, ramassa tous ses yeux et en orna les plumes de son paon. Depuis tous les paons qui font la roue ressemblent un peu au gardien de la génisse. Io, quant à elle, fut poursuivie par un taon envoyé par Héra pour la tourmenter et passa de nombreux mois à fuir. À son arrivée en Égypte, Zeus lui rendit son apparence de jeune fille et elle mit au monde leur enfant, nommé Épaphos.

Le géant Argos est devenu Argus en latin. Au XVI⁶ siècle, c'était un nom commun synonyme du mot « espion ». Au XVIII⁶ siècle, il désignait aussi quelqu'un de clairvoyant. Argus est le nom d'un oiseau, ainsi que celui d'un papillon dont les ailes portent des « yeux ». *L'argus* est le titre donné à une revue spécialisée qui remet sans cesse ses informations à jour, sachant tout, et donc « voyant tout ». Mais sans doute est-ce l'existence de la « balise Argos », qui attirera le plus votre attention. Ce système ingénieux, qui équipe notamment les navires en course, afin de ne pas les perdre de vue, de toujours les localiser... comme des yeux dans la mer.

2. QUAND LES DIEUX SE MONTRENT BIENVEILLANTS...

✺

Dans ces trois récits, les dieux et les déesses sont compréhensifs et généreux face aux humains et à leurs désirs parfois extravagants. Et trois expressions livrent leur sens : « toucher le pactole », « être riche comme Crésus », et « être un pygmalion ».

« Toucher le pactole »
ou le Fleuve au sable d'or

C'était en des temps très anciens, huit cents ans environ avant notre ère. Un vieil homme errait, à moitié nu et hagard, dans la campagne de Phrygie[1]. Des paysans se rendant dans leurs champs s'inquiétèrent de sa présence.

— Que fais-tu là, mon brave, demanda l'un d'entre eux, tu t'es perdu ?

1. La Phrygie est une région de l'actuelle Turquie.

— Tu es malade ? interrogea un autre. Tu as besoin d'aide ?

En guise de réponse, l'homme émit une série de borborygmes incompréhensibles.

— Il a trop bu, ma parole !

— C'est drôle cette couronne de feuilles de vigne et de fleurs posée sur sa tête...

— Eh bien elle ne l'empêche pas de sentir mauvais...

— Tout repoussant qu'il soit on ne peut le laisser croupir ici. Attachons-le et conduisons-le au roi. Lui décidera de ce qu'il faut en faire.

Ainsi fut-il fait, avec peine par ailleurs, car le vieil homme gesticulait et se débattait sans cesse. Ils mirent plusieurs heures pour atteindre le palais du roi Midas, et le présentèrent enfin au souverain.

— Nous avons trouvé cet homme âgé et ivre, égaré sur vos terres. Sans doute voudrez-vous qu'il soit conduit en prison ?

Midas regarda le vagabond et une grimace de surprise apparut sur son visage.

— Mais... ce n'est pas possible ! C'est Silène, le fidèle compagnon du dieu du Vin ! Relâchez-le tout de suite.

Puis, faisant signe à un esclave qui se trouvait dans la pièce :

— Appelle mes servantes et dis-leur de donner un bain à cet homme, de l'habiller un peu plus et de lui donner à manger. Je me chargerai de le reconduire auprès de Dionysos dès demain.

Le roi Midas connaissait bien le dieu de la Vigne et du Vin, et il avait souvent rencontré le vieux Silène. C'était un être original, presque toujours juché sur son âne, et qui buvait beaucoup trop. C'était surtout l'homme qui avait élevé et instruit Dionysos pendant son enfance et auquel le dieu était particulièrement attaché.

Le lendemain, le roi fit atteler un char et reconduisit Silène en Lydie[1], là où Dionysos séjournait avec sa troupe de Satyres et de Bacchantes[2].

En découvrant le vieil homme, le dieu du vin poussa un hurlement de joie et le serra dans ses bras. Puis il apostropha le roi de Phrygie :

— Oh Midas, tu ne peux imaginer le bonheur que tu m'apportes ! Tu connais Silène, toujours à faire ce qui lui plaît. Quand je ne l'ai pas aperçu hier, j'ai pensé qu'il n'était pas loin et qu'il reviendrait. Mais, à la nuit tombée, son âne est rentré tout seul et je me suis inquiété. J'ai envoyé des gens à sa recherche et je n'ai pas fermé l'œil de la nuit.

---

1. La Lydie est une région de l'actuelle Turquie.
2. Les Satyres sont les compagnons du dieu du Vin ; ils forment son cortège avec les Bacchantes ; appelés aussi Ménades.

— Je suis ravi d'avoir pu vous le ramener, déclara Midas.

— Et moi je ne te remercierai jamais assez ! Dis-moi ce que tu désires, je te l'accorderai.

Midas hésita. Des désirs, il en avait des tas, tous aussi extravagants les uns que les autres. Mais là, il n'avait ni le temps ni l'envie de réfléchir, à supposer qu'il puisse, car il n'était guère intelligent. Aussi, il opta pour le vœu le plus sensationnel à ses yeux :

— J'aimerais que tout ce que je touche se transforme en or ! lança-t-il.

Dionysos eut l'air surpris, presque déçu :

— Hum, dit-il, je ne suis pas sûr que cela soit un choix très sage, mais soit, puisque c'est ton souhait, je te l'accorde !

Sur le chemin du retour, Midas exultait, comme un enfant devant un tour de magie. Sans cesse il stoppait son char pour vérifier si l'enchantement fonctionnait, puis s'il perdurait, et encore et encore... Ici, il coupait une tige qui se transformait en un rameau d'or, là, il ramassait une motte de terre qui devenait lingot, plus loin une pierre qui changea d'aspect et de couleur... Enfin il arriva au palais, en fit miroiter les hautes portes d'un seul toucher du doigt et, à l'intérieur, continua ainsi à tout transformer. Son euphorie n'avait pas de bornes.

Mais alors qu'il s'installait à table, son allégresse retomba. Il avait terriblement faim et les mets les plus appétissants y étaient présents. Cependant, dès que sa main attrapait une tranche de froment elle ne portait plus à sa bouche qu'un morceau d'or. Il voulut boire, mais au contact de ses lèvres le breuvage devint solide. En un instant il se vit tel qu'il était devenu : immensément riche et pourtant épouvantablement misérable puisque l'or dont il avait tant rêvé l'empêchait de se nourrir et allait le conduire à la mort. Il s'était montré stupide.

— Que vais-je devenir ? gémit Midas en levant ses bras dorés au ciel. Je suis bien coupable. Dionysos pourra-t-il pardonner ma folie ? Me retirer ce don ?

Au matin du lendemain, ce fut un de ses serviteurs qui attela à nouveau le char et emporta Midas dans le repaire des Satyres et des Bacchantes. Le roi les trouva en train de danser autour du dieu du Vin. Ce dernier, très gai, portait sa couronne de lierre posée de travers sur sa tête.

— Midas ? s'étonna-t-il. Que t'arrive-t-il ?

Une larme coula sur la joue du roi, qu'il essuya d'un geste machinal. Une marque d'un jaune éclatant se dessina sur sa peau.

— Ça y est, je me souviens ! s'écria Dionysos en le dévisageant. Ton vœu absurde... Bien sûr, tu regrettes à présent de transformer tout ce que tu touches en or ?

Penaud, Midas approuva d'un signe.

Le dieu de la Vigne soupira :

— Bon, je veux bien, en souvenir de Silène et de ce que tu as fait pour lui, annuler le pouvoir que je t'ai offert. Va vers le fleuve voisin de la ville de Sardes[1], suit le cours de l'eau jusqu'à sa naissance, et là, lave bien tes mains et ton corps.

Midas s'exécuta. Il trouva la rivière, qui portait le nom de Pactole, remonta le courant jusqu'à la source et s'immergea, dispersant des paillettes d'or dans le flot du torrent. Lorsqu'il regagna la rive, son pouvoir avait disparu.

C'est depuis ce temps lointain que le Pactole charrie des pépites d'or. Pour ceux qui ramassent ce métal précieux, la richesse est assurée. Et, aujourd'hui, on s'en souvient encore : ne dit-on pas de quelqu'un qui devient subitement riche qu'« il a touché le pactole »...

---

1. Sardes était à cette époque la capitale du royaume de Lydie.

« ÊTRE RICHE COMME CRÉSUS »
OU LE ROI DE LYDIE

Trois siècles plus tard, entre 561 et 546 avant Jésus-Christ, c'est un nommé Crésus qui régnait sur la Lydie. Sur son territoire coulait la fameuse rivière Pactole, dans les eaux de laquelle Midas s'était débarrassé de sa carapace d'or. Depuis, ce métal précieux y était toujours abondant...

Si vous me dites que, dans ces conditions, il est facile d'être riche, je vous répondrai que oui ! Il suffisait de se mouiller, et Crésus était donc très fortuné. Outre la construction d'un somptueux palais, il dépensa une partie de ses ressources en distribuant des offrandes aux temples grecs. Il fit reconstruire également, à Éphèse[1], le sanctuaire d'Artémis, déesse de la Chasse et de la Nature sauvage. Il ne reste aujourd'hui de l'édifice que des ruines, mais il était à l'époque de dimensions colossales et classé parmi les Sept Merveilles du monde.

---

1. Éphèse était une cité grecque prospère située sur la côte ouest de l'Asie Mineure.

À Sardes, la capitale où il vivait, beaucoup d'intellectuels lui rendaient visite : Ésope, qui écrivait des fables, ou Solon, le philosophe. Un jour où Crésus se vantait devant ce dernier de sa richesse et de son bonheur, Solon lui rétorqua : « Ce n'est qu'au moment de sa mort qu'un homme peut dire s'il a été heureux. »

Et, en effet, l'or ne protégea pas le roi de Lydie des chagrins. Un de ses fils mourut, un autre devint muet. Plus tard, il fut vaincu par le perse Cyrus le Grand. Condamné au bûcher, il se souvint de la phrase de Solon et la prononça tout haut en guise d'adieu à la vie. On dit que Cyrus, apprenant cela, jugea Crésus très sage, lui épargna ce supplice et devint son ami.

Quant à nous, nous nous souvenons surtout de cet homme en prononçant l'expression couramment employée : « être riche comme Crésus ». Ou le plus souvent : « ne pas être riche comme Crésus » !

Tout le monde ne peut pas vivre à côté du Pactole...

« Être un pygmalion »
ou la Statue d'ivoire

« Comme il doit être doux d'avoir une épouse aussi jolie, aussi fine, aussi gracieuse... », songeait le jeune sculpteur devant la statue qu'il venait d'achever.

Pygmalion laissait ses rêves l'emporter. Il avait travaillé des jours et des nuits sur cette sculpture, jamais satisfait, reprenant son œuvre avec passion, exigeant de lui le meilleur. Le galbe d'une jambe, la courbure des reins, l'éclat du visage reflétaient à présent l'harmonie qu'il avait cherchée. Il avait façonné une femme d'une exceptionnelle beauté, créée selon son désir. Elle semblait si réelle qu'il s'étonnait que, sous sa main caressant l'ivoire, aucune vie ne palpite, aucune chaleur ne se dégage.

Car, à présent, la statue, silhouette pourtant inanimée, emplissait la maison de sa présence. Le cœur de Pygmalion ne battait que pour elle. Comme une véritable compagne, elle occupait ses pensées. Il ne s'éloignait de sa demeure que pour lui acheter des colliers, des robes ou des châles. Il la couvrait d'attentions comme le font les gens qui s'aiment. Et lorsque, troublé, il glissait un coquillage au creux de ses mains pâles, il était ému jusqu'aux larmes.

« Je deviens fou, pensait le jeune artiste, conscient de vivre dans l'illusion mais ne désirant choyer que sa statue. Je ne pourrai jamais aimer qu'elle... »

Pygmalion avait toujours été solitaire. Certains le jugeaient distant, mais il était simplement réservé. Comme les nombreux artisans qui vivaient à Chypre, où l'on fabriquait de luxueuses céramiques et de somptueux vases tournés, il était absorbé par son art et ne regardait pas les femmes. De surcroît, il n'avait jamais croisé que des prostituées.

Sur l'île, la fête en l'honneur d'Aphrodite approchait. Chaque année, des centaines d'hommes et de femmes se rassemblaient pour célébrer son culte, sur le lieu même où elle était née[1].

« Je vais demander à la déesse de l'Amour de m'aider », décida le jeune homme, en proie à des sentiments confus.

Le jour venu, il se rendit près du sanctuaire. L'odeur de l'encens se mêlait à celle de la viande des génisses sacrifiées en hommage à la déesse. Il se joignit à tous les gens qui s'abîmaient dans les prières, se demandant avec anxiété comment présenter la sienne. Son vœu le plus cher était que sa statue devienne vivante, qu'elle partage son amour et qu'il l'épouse. Mais c'était trop invraisemblable, trop extravagant... Il devait présenter une requête plus raisonnable :

— Si vous pouviez, oh Déesse, m'accorder le bonheur de trouver une épouse semblable à ma statue, se contenta-t-il d'implorer.

Aphrodite aimait bien Pygmalion. C'était un garçon honnête et droit qui l'avait toujours honorée. De plus elle savait parfaitement quels tourments l'égaraient... « Il est vraiment éperdu d'amour pour son œuvre d'ivoire. C'est touchant...,

---

1. Hésiode affirmait qu'Aphrodite était née de l'écume que la mer avait entraînée sur les rives de Chypre. Pour Homère, elle était la fille de Zeus et de Dioné. D'autres disaient qu'elle était arrivée dans un coquillage.

se disait-elle, attendrie. Et il n'a même pas osé m'en parler... »

Le sculpteur s'éloigna du temple, pensif. Et lorsqu'il pénétra dans sa maison, plongée déjà dans la pénombre, son premier regard fut pour la statue blanche, seule source de clarté. Un vertige le saisit devant sa silhouette tout en élégance et en délicatesse. Le cœur battant, il s'avança vers elle.

— J'ai prié la déesse, murmura-t-il.

Il lui sembla alors qu'une lueur s'allumait dans les yeux pâles. Tremblant, il posa ses mains sur les joues froides. Un frisson parcourut le visage d'ivoire. Le jeune homme s'immobilisa : « Mon imagination me joue des tours », se dit-il effrayé.

Sous ses doigts pourtant, la rigidité de la matière s'estompait, une tiédeur s'installait. Le trouble du garçon était si grand qu'il manqua s'évanouir.

— Voilà que je rêve encore... balbutia-t-il.

C'est alors que la statue bougea légèrement, puis s'abandonna dans ses bras. Elle tremblait elle aussi, mais son corps était chaud, tout aussi chaud que celui d'une véritable femme.

— Tu es vivante ! s'exclama Pygmalion, riant et pleurant à la fois. Oh merci, Aphrodite, merci...

Blottie contre son créateur, la jeune femme sourit :

— Je m'appelle Galatée, dit-elle.

Ovide raconte que, lors du mariage de Pygmalion et Galatée, la déesse de l'Amour et de la Beauté était présente. Et que, neuf mois plus tard, naissait un enfant nommé Paphos[1].

Aujourd'hui, « être le Pygmalion de quelqu'un » signifie prendre un artiste sous sa protection et l'aider à trouver le succès. C'est donc une sorte de manager. Mais d'autres sens existent.

« Être un Pygmalion » c'est aussi éprouver une grande affection pour une personne, et tout mettre en œuvre pour influencer son devenir de façon positive.

---

1. Le nom Paphos fut donné à une ville de l'île de Chypre.

3. Quand les dieux abusent de leurs pouvoirs et sont désagréables...

❈

L'implacable dureté des dieux et des déesses face aux déboires, aux faiblesses ou à l'orgueil des humains est le point commun des quatre récits qui suivent. Ils nous livrent l'origine des expressions « être médusé », « supplice de Tantale », « avoir des échos », et « être narcissique ».

« ÊTRE MÉDUSÉ »
OU UN INJUSTE CHÂTIMENT

C'était un endroit inconnu des hommes de cette époque éloignée ; un pays situé au-delà de l'Océan, à l'extrémité supposée de la terre. Là étaient nées et avaient grandi les trois filles d'un couple de divinités marines : Sthéno, Euryale, et Méduse, qu'on appelait aussi les Gorgones.

Méduse était la plus belle. Quiconque l'approchait ne pouvait qu'être séduit par la grâce et la pureté de ses traits, la douceur de son regard et la splendeur de sa chevelure. C'était aussi la plus vulnérable des trois sœurs, car contrairement à Stheno et Euryale, Méduse était mortelle.

Bien sûr de nombreux prétendants se pressaient autour d'elle lorsqu'elle résidait près des côtes, sur la terre ferme. Mais comme elle était sage et tenait à le rester, Méduse avait une technique bien à elle pour éloigner les hommes les plus assidus : elle rejoignait tout simplement les profondeurs de l'eau et y séjournait le temps qui lui plaisait...

Sa ruse fonctionna parfaitement jusqu'au jour où Poséidon, le dieu de la Mer et des Fleuves, la croisa dans les fonds marins et tomba fou amoureux d'elle. Terriblement impatient, il lui fit une cour expéditive. Mais la jeune fille n'éprouvait pas le moindre émoi pour ce personnage à la longue tignasse échevelée ceinte d'une couronne de roseaux, à la peau tannée par le soleil et à la barbe couverte d'écume. De plus, elle avait peur de son trident[1].

— Laissez-moi ! lui intima-t-elle en plantant son beau regard dans ses yeux verdâtres. Je ne veux pas que vous m'approchiez !

La jeune fille était d'autant plus bouleversée, que cette fois-ci elle n'avait pas d'échappatoire. Le dieu et

1. Fourche à trois dents que possédait Poséidon.

elle partageant les mêmes territoires, en mer comme à terre, il lui était quasiment impossible de l'éviter !

Mais pour Poséidon, se voir éconduit de la sorte était inconcevable. Il n'allait pas s'effacer, bien au contraire... Furieux, il se mit à harceler Méduse, la suivant partout sans répit, jusqu'au jour où il l'enleva et la traîna dans un temple...

Méduse resta prostrée sur les dalles jusqu'à ce qu'une voix de femme, s'élevant près d'elle, lui fasse reprendre ses esprits :

— Que fais-tu là, dans le temple qui m'est consacré ?

La jeune fille souleva la tête avec peine. Son beau visage était couvert de larmes. Devant elle se tenait la déesse Athéna.

— Mais... balbutia-t-elle, je ne sais pas où je me trouve. J'ai été enlevée et déshonorée.

— Ah oui ? lui jeta Athéna d'une voix glaciale. Et par qui ? Je ne vois personne !

Un frisson de peur parcourut la pauvre Méduse devant tant de froideur. Il est vrai que la déesse de l'Intelligence et des Arts, mais aussi de la Guerre, avait la réputation d'être susceptible. N'avait-elle pas déjà montré de la haine pour de nombreux mortels, punissant injustement une belle tisserande, Arachné, et la transformant en vulgaire araignée ?

— Alors, poursuivit la fille de Zeus. Tu ne réponds pas ?

Anéantie, Méduse réprima un sanglot. Pourquoi toutes ces questions alors que la déesse savait tout de ce qui venait de se passer ? À quel jeu s'amusait celle que l'on disait avisée et sage ?

— Poséidon était ici, se força-t-elle à dire, c'est lui qui m'a enlevée.

Athéna prit un air douloureux qui étonna Méduse. On racontait que la déesse fuyait les passions de l'amour et qu'elle combattait pour maintenir l'ordre et les lois. Elle devait bien se rendre compte de son innocence et de la culpabilité de Poséidon !

— Il est évident que tu es très belle, déclara la déesse en fixant Méduse, beaucoup trop sans doute...

Une lueur à la fois amusée et cruelle passa dans ses yeux pers[1], alertant la jeune fille.

— Mais nous allons remédier à cela. Désormais, crois-moi, tu n'auras plus ce genre de problème !

Athéna avait tout juste proféré sa menace que Méduse ressentit une curieuse impression. C'était comme si un étranger se glissait dans son propre corps. Ses membres devinrent lourds, sa tête aussi et il lui sembla que sa chevelure se mettait à bouger. Elle tenta un geste et leva les mains, au prix d'un effort inhabituel. À la place de ses bras fins à la peau claire se trouvaient d'imposants membres de bronze surmontés, au niveau des épaules, d'ailes dorées. La

---

1. Des yeux pers sont d'une couleur entre le vert et le bleu.

jeune fille essaya de parler, mais il ne sortit de sa bouche horriblement déformée que le cri d'une bête féroce. Des dents de cochon envahirent ses mâchoires et ses cheveux, dans lesquels étaient entrelacés des serpents, se mirent à s'agiter. Au milieu de son désespoir, elle entendit la déesse ricaner :

— Attends, je n'ai pas tout à fait fini... Laisse-moi m'occuper de tes jolis yeux.

Méduse aurait voulu mourir, mais elle ne perdit même pas connaissance quand une douleur fulgurante lui brouilla un instant la vue.

— Désormais, déclara la fille de Zeus d'un ton satisfait, tu possèdes un pouvoir redoutable : celui de transformer en pierre tout ce que tu regardes. Tu es un monstre, Méduse...

« Tu es un monstre, Méduse... » Longtemps cette terrible phrase résonna dans la tête hideuse de la troisième Gorgone. Elle s'exila aux confins de la terre, crainte des humains comme des héros. C'est l'un de ces derniers, Persée, qui bien plus tard, lui tranchera le cou, aidé par Athéna. Ce geste fera jaillir un cheval ailé, Pégase, enfant-souvenir de l'union de Méduse et de Poséidon.

Aujourd'hui encore il n'y a guère d'expression plus imagée que celle-là : « être médusé ».

« Être médusé », c'est comme être changé en pierre. Sauf que nous ne sommes pas pétrifiés, mais simplement figés par l'émotion ou la surprise. Mais cet état n'est pas définitif, il ne dure que quelques instants... Nous ne sommes plus, heureusement, à l'époque des Gorgones !

Quant à cet animal marin que nous craignons de toucher lors de nos baignades en mer, c'est à cause de ses tentacules semblables à une chevelure de serpents qu'il porte le même nom que la Méduse. Si vous vous êtes déjà baignés dans la Méditerranée, vous voyez de quoi je veux parler...

« Le supplice de Tantale »
ou l'Histoire d'un banquet fatal

Il y a très longtemps vivait en Grèce un homme de belle constitution qui répondait au nom de Tantale. Et cet homme était chéri des dieux.

Était-ce parce qu'il était un des fils de Zeus, le dieu suprême ? Ou parce que, roi de Lydie[1] et de Phrygie, il possédait d'énormes richesses ? On ne le saura jamais, mais ce dont on est sûr, c'est qu'il était le seul mortel à être admis sur l'Olympe. Et il n'avait même pas besoin d'invitation ! Il usait de ce privilège dès qu'il le souhaitait, toujours accueilli à bras ouverts :

— Tantale, quelle joie de te voir ! lançait l'un des dieux en le voyant. Tiens, goûte-moi ce nectar...

— Viens, Tantale, tu tombes à point, déclarait un autre, nous allions nous régaler d'ambroisie.

— Partage notre banquet, proposait un troisième, cela nous fera plaisir.

---

1. La Lydie se trouvait sur le territoire de la Turquie actuelle.

Et Tantale passait avec ceux qui gouvernaient l'univers des moments inoubliables. Il écoutait Apollon jouer de la lyre, admirait la danse des Grâces et des Muses, contemplait Zeus siégeant sur son trône d'or. De surcroît, il mangeait et buvait les aliments qui permettaient aux dieux de rester éternellement jeunes, et partageait une partie de leur intimité au travers de leurs conversations. Rien d'étonnant alors à ce qu'il se sente un peu leur égal ! Son orgueil allait grandissant et il se vantait abondamment de ses relations auprès de ses amis mortels.

Un soir, l'un de ses derniers lui demanda un service :

— Regarde ce que j'ai là, dit-il à Tantale, un objet magnifique...

C'était un superbe chien en or massif.

— D'où vient-il ? demanda le roi de Lydie, éberlué.

— Du temple de Zeus, en Crète, où je l'ai dérobé. Bien sûr il me faut le cacher pour le moment et j'ai pensé que ce serait une bonne idée de le laisser chez toi. Comme tu es l'ami des dieux, personne ne viendra le chercher ici et, surtout, personne ne te soupçonnera.

Tantale ne réfléchit pas longtemps. Trop flatté d'être considéré comme puissant, il accepta.

Quelques jours plus tard, il reçut la visite d'un prêtre.

— On m'a rapporté que vous aviez eu un entretien avec un individu suspect, lui dit-il. Quelqu'un qui pourrait avoir volé un objet sacré. Si vous êtes au courant de cela ou si vous êtes en possession de cet objet, je vous demande de me le rendre.

— Je ne vois pas du tout de quoi vous voulez parler, répondit Tantale d'un ton froid. On ne m'a rien confié.

— Ceux qui mentent n'échappent pas à la colère divine vous savez ! se fâcha le prêtre.

— Eh bien si je vous trompais, comme vous l'insinuez, affirma Tantale avec aplomb, les dieux que je fréquente m'auraient déjà puni.

Cependant, le roi de Lydie n'avait pas la conscience tranquille. Il resta sur le qui-vive quelques jours, persuadé qu'il serait démasqué à un moment ou à un autre. Mais le temps passa et l'attitude des habitants de l'Olympe resta la même envers lui. « Nul ne se doute de rien », pensa-t-il, rassuré. Il décida donc d'en profiter à nouveau.

Au cours d'un banquet, il déroba du nectar, la boisson des dieux, et le fit goûter à ses amis. Personne ne s'aperçut de quoi que ce soit. Alors, il fit de même avec leur nourriture, l'ambroisie.

Cela devenait presque un jeu.

« Les dieux ont-ils vraiment tous les dons dont ils se vantent ? se demandait-il. On assure qu'aucun des faits ou des gestes accomplis par les mortels ne peut leur échapper, mais il semble que tout cela soit un mensonge, un moyen sournois de nous dominer ! Ah, si je pouvais les démasquer, montrer à tous leur supercherie ! »

Tantale décida de leur tendre un piège. « Je vais les inviter à un dîner dans mon palais ; on verra bien s'ils découvrent la surprise que je leur réserve... »

C'était la première fois que les habitants de l'Olympe étaient conviés à un repas chez un mortel. La fierté de Tantale était à son comble quand ils se présentèrent au palais. Il salua tous ceux qui avaient pu se libérer de leurs obligations pour se rendre chez lui : Zeus d'abord, puis Héra, son épouse ; Hestia, la déesse du Foyer ; Déméter, la déesse des Saisons et des Moissons, dont la fille Perséphone avait disparu depuis peu ; Arès, le dieu de la Guerre ; Athéna, la déesse des Arts et des Techniques, et enfin Hermès, fils et messager de Zeus.

Puis il les fit installer dans sa somptueuse salle à manger.

Lorsque le plat de viande fut apporté sur la table par ses esclaves, Tantale, très sûr de lui, ne remarqua pas le léger frisson qui parcourut l'assemblée. Bientôt chacun reçut une part du repas dans son assiette et Déméter, placée en face du roi de Lydie, goûta distraitement ce mets.

Tantale jubilait : « J'avais donc raison, leur don de clairvoyance n'existe pas... »

C'était alors que la voix de Zeus s'éleva :

— Déméter, dit-il doucement, nous savons tous ici que la disparition de ta fille te perturbe énormément, mais examine ce que l'on t'offre à dîner...

La déesse des Moissons regarda son assiette, pâlit et, essayant brusquement de se lever, chancela. Interloqué, Tantale se tourna vers Zeus. Ce dernier posait sur lui un regard flamboyant de colère.

— Insolent, rugit Zeus d'une voix tonitruante, comment as-tu osé ? Nous servir à déguster ton propre fils, c'est horrible ! Et tout cela pour essayer de nous berner !

Déjà Déméter s'était ressaisie, et avec l'aide des autres déesses, rassemblait les morceaux du corps bouilli du jeune garçon nommé Pélops.

— Vite, faisons ce qu'il faut pour qu'il reprenne vie ! ordonna-t-elle.

— Tu as dépassé la mesure, Tantale... poursuivit Zeus dont la physionomie était devenue cramoisie.

Il fit un signe à Hermès et ce dernier s'approcha, muni de lourdes chaînes.

— Je regrette, hurla Tantale en se jetant à genoux, je regrette ma folie...

— Tu as abusé de notre gentillesse envers toi, continua le dieu. Je t'avais pourtant laissé une chance de te reprendre après ton mensonge au prêtre venu de Crète. Mais tu as continué tes trahisons, volant le nectar et l'ambroisie pour tes compagnons. Ce banquet était ta dernière occasion de te ressaisir. Et voilà qu'au lieu de cela, tu tues ton propre enfant !

— Je regrette, s'écria à nouveau Tantale.

— Et bien tu regretteras aux Enfers ! Ton dernier crime est impardonnable. Pour te punir de ta démesure, je te condamne à souffrir de faim et de soif pour l'éternité...

Et Tantale fut conduit jusqu'au Tartare, le gouffre le plus profond situé sous la terre. Il fut attaché à une colonne, et plongé dans les eaux jusqu'au cou. Mais sa bouche ne pouvait atteindre les flots qui désaltéraient. Devant son visage pendaient les branches d'arbres gorgées de fruits : des pommes, des poires, des figues, et aussi des olives. Mais impossible de s'en emparer. Il souffrait terriblement, d'une souffrance éternelle. Incapable de se nourrir et de boire alors que tout était si proche de lui...

Pélops retrouva sa force et sa beauté. Pour remplacer le morceau d'épaule que Déméter avait avalé, on lui greffa un fragment d'ivoire. Encore aujourd'hui, c'est à ce signe particulier, une tache blanche sur l'épaule, que l'on reconnaît ses descendants. Il fut le fondateur des jeux d'Olympie.

Le châtiment de son père, lui, est resté dans toutes les mémoires. Chaque fois que nous sommes incapables d'assouvir un besoin ou un désir alors que nous le pensons à portée de main, nous employons l'expression : c'est « le supplice de Tantale ». Un espoir sans cesse renouvelé, et toujours déçu...

« Avoir des échos »
ou la Dernière Syllabe

Écho était une de ces jolies divinités de la nature qui résidait avec ses sœurs les nymphes sur le mont Hélicon[1]. Belle, élégante, elle était toujours joyeuse et prête à rendre service quand il le fallait. De plus, elle chantait merveilleusement bien, jouait

---

1. Le mont Hélicon est situé en Béotie, région de Grèce centrale, avec Thèbes pour capitale.

de la flûte et de la syrinx, et aimait à bavarder. Un jour, Écho s'était montrée si volubile avec Héra que Zeus avait pu s'absenter un long moment sans que son épouse s'en aperçoive. Rentrant finalement chez lui, il avait pris la nymphe à part, manifestement ravi :

— Tu m'as rendu un fier service, lui confia-t-il. J'ai enfin pu passer un moment tranquille avec une de tes sœurs sans qu'Héra ne se doute de quoi que ce soit !

Écho avait éclaté de rire :

— Si je peux t'être utile une autre fois, n'hésite pas à me le demander !

Comme vous le supposez, Zeus, grand séducteur, décida de profiter de cette charmante proposition. Mais une seule fois ne pouvait suffire... il avait tant de nymphes à conquérir ! Non seulement les Orestiades qui, comme Écho, habitaient les montagnes, mais aussi les Dryades, divinités des arbres, ou les Néréides, celles de la mer. Alors, à sa demande, Écho rendit d'autres visites à Héra. Cette dernière, d'un tempérament méfiant, s'aperçut vite d'un étrange manège : l'arrivée de la nymphe avait pour conséquence la disparition de son époux. Et le retour de ce dernier, l'air béat et le sourire radieux, occasionnait le départ d'Écho...

« Il se sert de cette fille, c'est sûr », soupçonna-t-elle.

Elle ne dit pas un mot, mais, dès que la situation se renouvela, elle envoya un de ses proches espionner discrètement Zeus. Et sa colère fut effroyable lorsqu'elle apprit la vérité. Cette fois, c'est Héra qui se présenta devant la nymphe, pour un tout autre bavardage...

— Ainsi donc, tu protèges mon époux, tu encourages son infidélité tout en me prenant pour une idiote ! hurla-t-elle. Tu dois pourtant savoir à quoi s'exposent ceux qui se moquent des dieux...

Écho sentit un frisson de peur la parcourir. Oh, elle n'ignorait pas la cruauté dont pouvait faire preuve la maîtresse de l'Olympe, comme son mari d'ailleurs. Une autre nymphe en avait fait les frais. Elle se nommait Chélone, et parce qu'elle avait refusé de se rendre au mariage de ces deux-là, et les avait critiqués, ils l'avaient transformée en tortue...[1]

Aussi Écho n'osa pas répliquer.

— Puisque tu as la langue bien pendue, poursuivit Héra, c'est par elle que je te condamne ! Dorénavant, jamais tu ne pourras prendre la parole la première. Pourtant, que tu le veuilles ou non, tu ne pourras t'empêcher de parler... Quant à ton vocabulaire, comme tu vas t'en rendre compte, il va se trouver limité...

---

[1]. Il en découle que les tortues et les reptiliens appartiennent à l'ordre des chéloniens.

Écho voulut protester. Elle ouvrit la bouche et s'entendit prononcer :
— limité... limité...
Un rire sardonique[1] déchira l'air :
— Ah, Ah, Ah, c'est parfait ! s'exclama l'épouse de Zeus.
— ... c'est parfait, répéta la pauvre Écho, dont le regard se mouillait de larmes.

Qu'allait-elle devenir à présent ? Vouée à la moquerie ou à la pitié, et ne désirant ni l'une ni l'autre, il ne lui restait qu'à fuir pour cacher sa honte.

La jolie nymphe se réfugia dans sa chère montagne. Elle y passa de longs mois, évitant tout contact, ne trouvant de réconfort que dans la contemplation des arbres et des fleurs. Mais un jour, alors qu'elle sortait de la grotte qui abritait son chagrin, elle aperçut un jeune homme se promenant dans les bois.

Il était merveilleusement beau. Brun, avec une chevelure légèrement bouclée, des yeux noisette, un corps grand et athlétique. Est-ce parce qu'elle était restée trop longtemps seule ? Écho fut saisie d'un amour violent pour lui, et se mit à le suivre de loin, se cachant derrière les arbres pour ne pas

---

1. Est sardonique ce qui révèle une intention méchante, moqueuse.

être vue. Cependant, le craquement d'une branche finit par attirer l'attention du garçon.

— Y a-t-il quelqu'un près de moi ? lança-t-il en interrogeant la forêt, inquiet.

— ... moi... moi, répondit involontairement Écho, à l'abri des regards.

— Où es-tu ? cria l'adolescent. Viens !

— ... viens ! jeta la nymphe.

Elle comprit qu'il la cherchait, au bruit des feuilles mortes qu'il froissait sous ses pieds.

— Je suis ici, indiqua-t-il. Réunissons-nous !

— ... unissons-nous, reprit Écho, ravie cette fois des mots qu'elle prononçait.

Enhardie par ses propres paroles, elle sortit de sa cachette et s'élança pour étreindre le jeune homme. Celui-ci, effrayé par son apparition et surtout son audace, la repoussa.

— Plutôt mourir que de m'abandonner à toi ! lui déclara-t-il en se mettant à courir pour éviter tout nouveau contact.

Écho, touchée en plein cœur par cette déclaration brutale, se figea. Jamais quelqu'un ne l'avait traitée de la sorte. Au contraire jusqu'à ce jour, tout le monde vantait sa beauté. Pourquoi le sort s'acharnait-il à présent sur elle ?

Tristement, elle reprit le chemin qui menait à sa grotte. Désormais, elle y resterait, se soustrayant du monde. Bien des déceptions lui seraient alors épargnées...

Mais la solitude n'apporte pas l'oubli, au contraire. Rongée par ses souvenirs, Écho finit par se laisser mourir. De faim, de soif, de chagrin... Elle perdit ses jolies formes, son corps se dessécha, devint semblable à la pierre qui lui servait de refuge. Un jour, elle n'exista plus, tout simplement, mais sa voix resta présente à jamais dans les profonds vallons. Essayez de l'appeler, vous verrez qu'elle répondra à votre demande, vous renvoyant votre dernière syllabe... Sa manière de se manifester à vous.

Voilà comment le nom d'une belle divinité s'est transformé en un mot courant de notre vocabulaire. Un « écho », cela signifie d'abord la répétition d'un son répercuté par un obstacle. Beaucoup d'expressions en découlent : « se faire l'écho de », c'est répandre une nouvelle autour de soi, la propager. « Avoir des échos de », c'est entendre parler de quelque chose, avoir des informations... De même le système de repérage des obstacles par les dauphins ou les chauves-souris se nomme-t-il l'« écholocalisation ». En matière médicale, les « échographies » relèvent du même procédé d'exploration.

Voilà des termes que vous prononcerez maintenant, je l'espère, en vous souvenant d'une jolie nymphe, des montagnes de Grèce, et de cette jalouse d'Héra...

« ÊTRE NARCISSIQUE »
OU UN CŒUR COULEUR SAFRAN

Céphise était un fleuve magnifique qui baignait de son cours sinueux la région du nord d'Athènes. Il faisait partie des divinités aquatiques, ce qui signifie qu'il avait non seulement le pouvoir de se métamorphoser, mais aussi, puisqu'il était un être vivant, celui de devenir père. Or Céphise était très attiré par une jeune nymphe d'une extraordinaire beauté souvent présente sur ses rives et qui s'appelait Liriopé.

Un jour où celle-ci se baignait nonchalamment dans ses eaux, il l'enlaça au milieu de l'onde et, sans lui en demander la permission, lui fit un enfant. La nymphe en fut cependant très heureuse. Neuf mois plus tard, elle mit au monde un bébé superbe. Narcisse fut le nom qu'elle lui donna.

Petit garçon, Narcisse fut l'objet d'un amour éperdu de la part de ceux qui le rencontraient, quel que soit leur âge. Tous s'extasiaient sur la finesse de ses traits, la splendeur de ses yeux, la douceur de sa chevelure. Mais ses plus ardentes admiratrices étaient les Naïades, les sœurs de sa mère.

Toutefois, inquiète de l'orgueil qu'elle sentait poindre dans le caractère de son fils, Liriopé décida d'en savoir plus sur le destin qui l'attendait. Elle rendit visite à Tirésias, un jeune homme dont la renommée grandissait et que l'on disait infaillible dans ses prédictions. Celui-ci passa un long moment en tête à tête avec Narcisse et déclara à la nymphe lorsqu'elle vint le chercher :

— Cet enfant vivra longtemps à une seule condition : qu'il ne se voit jamais...

La pauvre Naïade fut bien désemparée devant ce verdict obscur. Pendant les années qui suivirent, elle essaya de ne plus y penser, regardant son fils grandir en force et en beauté. Il devint un adolescent d'une telle séduction qu'une nuée de garçons et surtout de jeunes filles le suivaient partout et réclamaient son amour.

Néanmoins, Narcisse semblait incapable de tomber amoureux. Personne ne faisait battre plus vite le cœur de ce jeune homme qui ne comprenait pas l'émoi qu'il suscitait. De plus, il se montrait dédaigneux, voire méprisant envers cette cour qui l'entourait. Un jour où, comme à l'habitude, il avait rejeté la tendresse d'une jolie nymphe et s'était montré très dur envers elle, cette dernière se révolta :

— Je souhaite que tu aimes, toi aussi, mais que tu ne possèdes jamais l'objet de ton amour ! lui cria-t-elle assez fort pour que les dieux l'entendent.

Or Némésis passait justement par là. Et rien ne lui était plus insupportable que les excès.

« Pour qui se prend-il, celui-là, uniquement capable de faire couler des larmes ? s'énerva la déesse de la Vengeance divine. Cela devient insupportable ! »

Se rendant invisible, elle se mit à le suivre au milieu des bois, là où il passait le plus clair de son temps. Mais elle lui ôta ce matin-là toute envie de chasser.

Narcisse renonça donc à poursuivre les cerfs et, marchant d'un pas nonchalant, découvrit bientôt une source blottie au milieu des iris et des ajoncs et dont le chant ravit ses oreilles.

« Quel endroit délicieux, songea le jeune homme, cette eau me semble d'une fraîcheur exquise ! » S'approchant du bord, il s'agenouilla et se pencha au-dessus de l'onde, la main tendue en forme de coupe.

C'est alors qu'il découvrit un adolescent d'une rare beauté. Doté d'une chevelure digne d'Apollon, il avait des traits d'une extrême finesse, des yeux splendides, et un corps d'athlète. Immédiatement,

Narcisse tomba sous le charme de cette vision et ne put la quitter des yeux.

« Qui es-tu, merveilleuse apparition ? demanda-t-il, incapable de comprendre qu'il s'adressait à son propre reflet, puisqu'il ne s'était jamais vu auparavant. Laisse-moi te toucher... »

Et il plongea sa main dans les profondeurs de l'onde.

Mais plus il avançait son corps, plus l'objet de son amour, car c'était à présent l'amour qui l'enflammait tout entier, se refusait à lui, se jouant de ses recherches, impossible à palper.

« Où donc es-tu ? s'inquiétait Narcisse. Pourquoi te refuser à moi ? »

Et le voilà éperdu devant cet être aimé qui le fuit dès qu'il s'approche, se refusant à lui. Il en oublie tout de la vie. Dormir, se nourrir, désormais ne comptent plus. Ce qui compte c'est la passion qui l'embrase, cette passion folle, inassouvie, pour ce qu'il ne sait pas être sa propre personne.

N'importe qui aurait eu pitié, aurait arrêté sa souffrance, l'aurait empêché d'en mourir. Mais les décisions des dieux sont le plus souvent implacables et Némésis laissa sa vengeance s'assouvir. Après des heures et des jours passés auprès de son image, Narcisse perdit la vie. Il rejoignit ses sœurs les Naïades dans le royaume des morts. Mais, près de la source, à l'endroit même où avait reposé son corps, une fleur au cœur couleur de safran et aux pétales blancs se mit à pousser. Elle était, comme Narcisse, merveilleusement belle. Et ce fut son nom qu'elle porta.

Outre le nom de cette jolie fleur de printemps, le narcisse, l'histoire du fils de Céphise et de Liriopé nous a laissé son souvenir dans l'expression courante « être narcissique ». Être narcissique, c'est être amoureux de sa propre personne, de son image. De façon plus commune, on dit « se regarder le nombril ». Être narcissique n'est pas un défaut en soi, car il est important de s'aimer, mais il ne faut pas n'aimer rien d'autre que soi-même, car on devient égocentriste.

Partie II

AUTOUR D'HOMÈRE

1. Autour de l'*Iliade*

Entre le IXe et le VIIIe siècle avant Jésus-Christ, un poète nommé Homère mit par écrit des récits qui étaient auparavant simplement racontés, ou parfois mimés sur une scène de théâtre. Le premier d'entre eux fut l'*Iliade*, le second l'*Odyssée*.

L'*Iliade* a pour sujet un épisode de la guerre de Troie opposant, vers 1200 avant Jésus-Christ, les Grecs et les Troyens. La fuite d'Hélène, épouse du roi de Sparte Ménélas, avec Pâris, fils du roi Priam, fut à l'origine du conflit comme les agissements des dieux aussi, très actifs dans l'œuvre d'Homère.

La cité de Troie, détruite par l'armée grecque d'Agamemnon, a été localisée à Hissarlik, en Turquie. Sur ce site, les restes de onze villes successivement construites et habitées ont été mis au jour. Celle qui correspond au récit de l'*Iliade*, baptisée Troie VII, a été détruite en 1183 avant Jésus-Christ.

L'*Iliade* et l'*Odyssée* sont des œuvres majeures dans la littérature occidentale. Malgré leur âge, elles n'ont pas pris une ride, car elles racontent le destin des hommes, leurs forces, leurs faiblesses, leurs larmes et leurs joies. Elles sont le symbole de la destinée humaine.

Aujourd'hui, si l'adjectif « homérique » est employé pour qualifier les œuvres de l'*Iliade* et l'*Odyssée*, il s'emploie aussi dans le cadre d'un combat. « Un combat homérique », c'est une bataille spectaculaire, fabuleuse, qui rappelle celle de Troie. De même, « un rire homérique » se rapporte à un passage de l'*Iliade* où les dieux de l'Olympe se moquent d'Héphaïstos. C'est un rire bruyant, un rire de vainqueur, humiliant parfois pour celui qui l'entend. Il peut se transformer en fou rire, et devenir incontrôlable. Dans le chapitre « Autour de l'*Odyssée* », nous expliquerons ce que sont ces expressions répétitives rattachées aux héros d'Homère, les célèbres « formules homériques ».

Les récits autour de l'*Iliade* nous amènent à la naissance des expressions « une pomme de discorde », « jouer les Cassandre », « un talon d'Achille », et « une voix de stentor ».

« Une pomme de discorde »
ou l'Histoire d'un fruit pour trois

Thétis était certainement la plus jolie de toutes les nymphes de la mer. Petite-fille d'Océan, elle était très courtisée, notamment par Zeus et par Poséidon.

Mais la belle n'était pas pressée de prendre une décision quant à son avenir. « Que m'importe ? pensait-elle. Je suis si jeune encore... »

Un jour, un devin du nom de Protée lui rendit visite.

— Déesse de l'Onde, lui dit-il, tu vas mettre au monde un fils dont les exploits surpasseront ceux de son père et qui sera bien plus connu que lui.

Thétis fut surprise, et un peu contrariée. Quel homme d'un rang semblable au sien allait accepter d'être le père de son enfant dans ces conditions ?

Elle voyait juste. Zeus le premier, pourtant très épris d'elle, renonça à la courtiser. Poséidon fit de même. Ni l'un ni l'autre ne pouvaient prendre le risque d'être père d'un être appelé à devenir plus puissant qu'eux ! Cependant, ils songèrent à une autre alliance pour Thétis. S'ils en faisaient l'épouse de Pelée, un mortel, roi de la cité de Phthie en Thessalie[1] ?

D'abord très mécontente de ce choix, Thétis fit tout pour échapper à une rencontre avec ce prétendant. Changeante comme la mer, elle devint feu, eau, oiseau, lion ou serpent dès qu'il tentait de l'approcher. Dérouté par ses métamorphoses, Pelée demanda conseil à un ami et vint à bout de la résistance de la nymphe de la mer. Thétis consentit à se marier.

Les noces furent somptueuses. Presque tous les dieux étaient présents, porteurs de cadeaux magnifiques. Cependant, certains, comme Éris, n'avaient pas été invités. Car cette déesse de la Discorde

---

1. La Thessalie se situait au nord de la Grèce.

semait une pagaille épouvantable partout où elle allait.

Hélas informée du mariage, elle se présenta alors que tout le monde était déjà attablé ! Affichant sa tête des mauvais jours, elle lança au milieu des mets une magnifique pomme d'or. Intriguée mais polie, Thétis allait la remercier lorsque Héra, l'épouse de Zeus, s'empara du fruit qui roulait :

— Tiens, tiens ! s'étonna-t-elle. Ce cadeau porte une inscription. Voyons voir...

Elle le lut, parut surprise, puis, regardant toutes les femmes autour d'elle :

— Il est écrit « À la plus belle ! ». Je suppose que c'est donc pour moi. Qu'en pensez-vous ?

— Et pourquoi pas pour moi ? lui répondit Athéna, la fille préférée de Zeus, née de son premier mariage avec la nymphe Métis.

— Vous êtes toutes deux présomptueuses, déclara Aphrodite en se levant. La plus belle ne peut être que moi, puisque je suis justement la déesse de la Beauté.

D'un air très ennuyé, le roi des dieux se tourna vers Thétis.

— Ne t'en fais pas, je vais régler tout cela.

Puis, faisant signe à Hermès :

— Trouve-nous quelqu'un d'éloigné de cette assemblée pour départager ces trois déesses. Je ne veux en aucun cas m'en mêler.

Aussitôt le messager des dieux s'éloigna de la Grèce, traversa l'Hellespont[1], et remarqua un jeune berger gardant ses troupeaux sur les pentes d'une montagne située non loin de la cité de Troie.

« Ce garçon me semble parfait, songea le messager des dieux. Il est tout à fait étranger à nos problèmes et prendra parti en toute innocence. Je vais faire venir les trois femmes ici. »

Et, quelques jours plus tard, Héra, Athéna et Aphrodite, chacune bien décidée à sortir victorieuse de ce concours, se présentèrent devant le bel adolescent. Ce dernier, auquel Hermès avait tout expliqué, fut subjugué d'abord par leur beauté. « Comment vais-je pouvoir les départager ? pensa-t-il, en serrant la pomme d'or dans sa main. Chacune d'elles est splendide... »

C'était compter sans l'intelligence d'Aphrodite, qui avait longuement réfléchi à cette entrevue. Elle seule n'était pas une proche de Zeus. Elle n'était pas capable de rivaliser avec Héra, qui pouvait distribuer des empires et avait proposé au garçon puissance et richesse. Il lui était impossible comme Athéna, de lui donner les armes et la gloire au combat. Alors elle laissa les deux autres parler puis s'avança vers lui, la chevelure

---

1. L'Hellespont est appelé aujourd'hui détroit des Dardanelles. Il sépare la Grèce de la Turquie.

dénouée et parsemée d'or, dévoilant sa magnifique poitrine.

— *Les charmes que j'offre à ta vue ne méritent-ils pas ta préférence sur les travaux guerriers ? Leur possession ne vaut-elle pas mieux que tous les royaumes d'Asie ? Je peux t'accorder une compagne charmante... la plus belle des femmes... Hélène*[1].

Hélène ? Même le berger en avait entendu parler par ses parents adoptifs, qui l'avaient recueilli dans la montagne. On disait que c'était la femme la plus séduisante qui puisse exister. Et il pourrait l'aimer, alors qu'elle était mariée au roi de Sparte, Ménélas ?

Le jeune homme n'hésita pas un instant de plus et il tendit à Aphrodite la pomme d'or, lui attribuant la palme de la beauté.

Jalousie, colère, déception gagnèrent Héra et Athéna, comme l'avait prévu Éris. La déesse de la Discorde avait bien joué son rôle, et cet incident n'était que le premier d'une série de drames. Car le berger se nommait Pâris et il allait être à l'origine de la guerre de Troie...

Cette pomme d'or est, depuis ce temps, restée dans les mémoires. C'est elle que l'on évoque en

---

1. Ces phrases sont tirées du poème *L'Enlèvement d'Hélène* écrit par Collouthos, vers 500 après Jésus-Christ.

employant l'expression « une pomme de discorde ». La « pomme de discorde » désigne un sujet qui fâche, une cause de division, ou l'objet d'une dispute... Un fruit à éviter !

« JOUER LES CASSANDRE »
OU UN DON POUR LE MALHEUR

Les cheveux défaits, l'air profondément triste, Cassandre errait dans le palais de Pergame. Elle avait chaud et ses mains tremblaient.

— Que fais-tu là ? lui demanda son frère jumeau en surgissant devant elle. Je viens de voir notre mère. Elle te cherche partout et semble très contrariée.

Quelques heures auparavant, une fête magnifique avait réuni presque tous les membres de la famille de Priam, le roi de la cité de Troie.

— Mère ne veut pas croire ce que je lui dis, murmura la jeune fille. D'ailleurs, personne ne me croit depuis quelque temps. C'est de la faute d'Apollon[1].

— Apollon ? Mais pourquoi donc ? Que s'est-il passé entre vous ?

— J'ai refusé ses avances, car il devenait trop pressant. Ce séducteur passe d'une fille à l'autre et

---

1. Apollon, dieu de la Lumière et de l'Intelligence, le plus beau des dieux.

je n'avais aucune envie qu'il fasse de moi la mère d'un de ses nombreux enfants...

— Hum, il a dû être terriblement vexé ! Ne lui avais-tu pas promis de lui céder s'il t'apprenait l'art de la divination ?

— J'ai été stupide, et il m'a punie en me laissant mes dons, mais en supprimant ma faculté de persuader. Résultat, personne ne prend ce que je dis au sérieux.

Des larmes se mirent à couler sur les joues de Cassandre.

— Pressentir l'avenir sans être crue est bien inutile, murmura-t-elle.

Hélénos la prit tendrement dans ses bras.

— Pourquoi n'es-tu pas venue te joindre à notre fête ? demanda-t-il, essayant de la distraire.

— Parce qu'il y a trop d'ombres sur le destin de notre frère Pâris, murmura la jeune fille. J'ai voulu en informer notre mère, la supplier de ne pas l'accueillir à nouveau dans notre maison, mais elle m'a chassée...

Cassandre leva sur son frère un regard brûlant de fièvre. Tout son corps se mit à frémir.

— Hélénos, ce que je vois est terrible. Pâris sera la cause de notre perte à tous...

Le jeune homme garda un instant le silence, puis se força à la gaieté :

— Chasse toutes ces images, dit-il en l'entraînant. Et va te reposer dans ta chambre, je vais te raccompagner...

La prophétie de sa sœur tourmenta Hélénos le reste de la nuit. Elle n'était pas la première à formuler un si sombre présage, car l'histoire de leur frère était bien singulière.

Cassandre et lui avaient cinq ans lorsque Hécube, leur mère, se trouva enceinte. Ce n'était pas inhabituel, bien sûr, puisqu'elle eut douze enfants du roi Priam[1]. Mais sa grossesse fut perturbée par des cauchemars épouvantables, dans lesquels elle voyait son futur bébé se transformer en flammes et mettre le feu à la cité. Les devins consultés prédirent au roi et la reine que cet enfant serait à l'origine de la destruction de Troie et qu'il fallait s'en séparer.

Dès sa naissance, Pâris fut donc laissé sur le mont Ida à la merci des bêtes sauvages. Mais un berger le trouva et l'éleva. Les années passèrent jusqu'à ce jour récent où des jeux furent organisés dans le royaume. Pâris y participa et fut vainqueur trois fois de suite, surpassant Hector le fils aîné des souverains de Troie. Priam et son épouse, posant

---

1. Le roi Priam eut, semble-t-il, cinquante enfants mais « seulement » douze avec sa dernière femme, Hécube.

des questions sur ce jeune homme, découvrirent qu'il était leur fils abandonné et la joie déferla sur le palais. Mais comment convaincre une mère de repousser un fils à peine retrouvé ? Hécube affirma que les devins pouvaient se tromper. Et que les visions de Cassandre prouvaient qu'elle était une jeune fille bien trop fragile.

Pâris retrouva donc sa place de prince au palais de Pergame. Très vite, Priam lui confia des responsabilités. L'une d'elles fut de se rendre à Sparte pour une visite au jeune roi Ménélas. Personne n'aurait pu imaginer qu'il en reviendrait avec Hélène, la somptueuse épouse de ce dernier...

La famille accueillit la jeune femme avec une grande gentillesse, mais Cassandre fut épouvantée. Le soir même, elle souffla à Hélénos :

— Je me demandais d'où viendrait le danger. Maintenant je le sais.

Elle avait ce regard étrange, dirigé vers un horizon qu'elle seule percevait :

— Que veux-tu dire ? demanda-t-il. Hélène n'a-t-elle pas toutes les qualités ?

— Elle est la femme d'un autre, ne l'oublie pas. Crois-tu que lui et les siens ne chercheront pas à se venger ?

— Mais Troie est invulnérable, affirma Hélénos. Et nos richesses nous permettent d'affronter un long siège. Pourquoi toujours imaginer le pire ?

La jeune fille frissonna.

— Alors, même toi, tu doutes de mes prédictions ? souffla-t-elle. Pourtant, ce ne sont pas nos mines d'or ou le bois de nos forêts qui nous sauveront de la ruine...

Comme pour lui donner raison, des centaines de navires accostèrent sur la plage quelques semaines plus tard. Les Grecs, avec à leur tête Agamemnon, le frère de Ménélas, venaient leur livrer bataille. Achille et son ami Patrocle, Ulysse, roi d'Ithaque, Ajax ou encore Diomède, tous ces valeureux combattants l'accompagnaient...

Et une longue, très longue guerre commença. Elle se déroulait devant les épaisses murailles de Troie.

Chez les Troyens, Hector, le plus brave des fils de Priam, avait pris le commandement, remplaçant son père trop âgé. Mais ses frères se battaient aussi, tels Hélénos, Polydore, et Pâris, bien sûr. Ce Pâris par qui, disait Cassandre, le malheur était arrivé...

Les dieux aussi étaient présents, ils avaient leurs protégés dans chacun des deux camps. Parfois, ils leur évitaient une mort trop rapide en utilisant des subterfuges. Quoi qu'il en soit, de nombreux guerriers trouvèrent la mort dans ces combats.

Hector tua Patrocle. Achille se vengea, et Hector mourut après un duel acharné. Achille aussi fut tué, puis Pâris, malgré le soutien que lui apportait la déesse Aphrodite[1].

Sous le grand figuier où les femmes de Troie se réunissaient auparavant pour tisser et bavarder, la tristesse était infinie et la douleur sur tous les visages. Sur celui d'Hécube, qui pleurait ses fils perdus, celui d'Andromaque, l'épouse aimée et aimante d'Hector, qui serrait contre elle leur fils, celui de Cassandre enfin, qui savait que le pire était encore à venir...

Car arriva un matin où tout fut de nouveau calme. D'abord, les Troyens crurent rêver. Puis, peu à peu, en examinant les alentours, en découvrant la plage déserte, ils laissèrent éclater leur joie.

— Ils sont partis ! Les Grecs sont partis ! hurlaient les premiers qui s'aventuraient hors des murs de la cité.

— Regardez ! cria soudain une voix masculine, un cheval de bois ! Que fait-il là ?

Un gigantesque animal se dressait en effet dans une crique face à la mer. À côté, paraissant minuscule, se tenait un jeune homme nommé Sinon qui assura que les Grecs l'avaient oublié.

— C'est un cadeau que les miens voulaient offrir à Athéna, expliqua-t-il. Vous devriez le faire entrer

---

1. Aphrodite est la déesse de la Beauté et de l'Amour. Voir le récit « Une pomme pour trois ».

dans votre ville et l'amener jusqu'au temple de la déesse.

— Bonne idée ! s'écrièrent les Troyens.

— Non ! s'exclama Cassandre qui avait rejoint la foule. Ne faites pas cela !

Tous les regards se posèrent sur elle.

— Toujours ces paroles lugubres... déclara quelqu'un. C'est assommant !

— Ce cheval est le signe de la fin de la guerre ! s'écria un autre. Qu'on l'installe chez nous !

Déjà les Troyens, galvanisés, s'attaquaient à la porte de Troie, démolissant les remparts dans l'allégresse. Cassandre resta seule à les regarder. « Ils sont fous, pensa-t-elle. Toucher à la porte de Scée, celle sous laquelle gît le tombeau de notre ancêtre Ilos, le fondateur de la cité. »

La jeune fille était brûlante et, pourtant, devant un tel spectacle, elle sentait son sang se glacer dans ses veines. Elle tomba à genoux.

— Apollon, murmura-t-elle, pourquoi m'as-tu punie ainsi ? Ils ne me croient pas, ils ne m'ont jamais crue. Et pour cela, ils vont tous mourir...

Le soir même, le cheval était dans la ville. Qui se serait douté qu'il était une œuvre du rusé Ulysse ? Qu'il avait le ventre chargé de combattants ?

Ceux-ci sortirent dans la nuit de leur cachette, et mirent Troie à feu et à sang...

Cassandre survécut, enlevée par Agamemnon qui la trouvait très belle. Il refusa de prendre en compte sa prédiction disant qu'il serait tué par sa femme Clytemnestre. C'est pourtant ce qui lui arriva. La jeune fille savait qu'elle serait assassinée juste après. Elle fut soulagée de mourir, car voir l'avenir sans être pris au sérieux est une terrible souffrance...

« Jouer les Cassandre » est une expression courante aujourd'hui. Cela signifie prédire des malheurs, mais sans être cru. « Cassandre » est aussi un nom commun désignant une personne particulièrement pessimiste.

« Un talon d'Achille »
ou le Fils de Thétis

Neuf mois après son mariage avec Pelée, Thétis mit au monde un petit garçon nommé Achille. Comme toutes les mères, elle commença alors à se faire du souci.

« Achille est un mortel, comme son père, s'inquiétait-elle. Il me faut le protéger. »

En ce temps-là, coulait un fleuve dont les eaux possédaient des vertus extraordinaires : c'était le

Styx. Il avait la faculté de rendre invulnérables ceux qu'on y plongeait. Thétis, dès qu'elle le put, se rendit sur ses rives avec Achille. Elle déshabilla son bébé, tout en lui parlant pour le rassurer :

— Ce ne sera pas long, tu verras.

Puis, le saisissant par un pied, elle le fit pivoter la tête en bas et, d'un geste rapide et sûr, le plongea dans l'eau glacée du fleuve.

Cela ne dura qu'une seconde. Lorsqu'elle ressortit le petit garçon, tout son corps était mouillé, sauf son talon, par où sa mère le tenait. Mais cela, Thétis ne s'en aperçut pas...

Quelques années s'écoulèrent. À peine Achille fut-il devenu un jeune garçon que Pelée le confia au centaure Chiron[1], dont la réputation d'éducateur était reconnue. Un peu triste, Thétis se retira auprès de ses sœurs les Néréides. Mais, même loin de lui, elle était toujours soucieuse pour son fils.

Aux côtés de Chiron, qu'il admirait, Achille apprit à connaître les plantes, à nommer les étoiles ou à maîtriser sans armes les bêtes sauvages. Il découvrit la médecine, le tir à l'arc et surtout la morale. Il grandit, devenant fort, loyal et généreux.

Pendant ce temps, un conflit avait éclaté entre les Grecs, appelés aussi les Achéens, et les

---

1. Mi-homme, mi-cheval, Chiron était un fils de Cronos, le père de Zeus.

habitants de Troie. Conformément à la promesse d'Aphrodite, Pâris, le fils du roi Priam, avait séduit l'épouse du roi de Sparte, Ménélas. Quittant son mari et sa petite fille Hermione, Hélène l'avait suivi et s'était unie à lui. Furieux, les Achéens avaient demandé qu'elle leur soit rendue. Devant le refus troyen, le conflit s'était transformé en guerre.

La pauvre Thétis était terrifiée à l'idée que son fils puisse un jour prendre part à ce combat interminable. De nombreux jeunes hommes, en effet, remplaçaient ceux qui mouraient. Elle décida de consulter un devin nommé Calchas.

— Achille mourra devant Troie ! lui affirma-t-il.

— Non ! cria Thétis épouvantée. Je m'opposerai à son départ !

— Pourtant, la guerre ne se terminera pas sans lui, quoi que tu fasses, s'entêta le devin. Tu devrais être fière qu'il meure en héros !

Thétis n'était pas fière et ne voulait pas croire cette prophétie. Elle se rendit dans la grotte de Chiron, en Thessalie, prétexta un problème dans leur famille et repartit avec son fils.

— Où va-t-on ? questionna Achille.

— Chez Lycomède, dans l'île de Skyros[1]. Mais avant tu dois m'accorder une faveur.

---

1. Île grecque de la mer Égée.

— Tout ce que vous voulez, Mère. Je suis si heureux de vous revoir...

— Habille-toi avec cette tenue de femme. Pour Lycomède, tu es ma fille et tu te nommes Pyrra. Garde cette tenue et ce secret tout le temps qu'il faudra. Promets-le-moi.

Consterné, mais trop respectueux envers sa mère pour s'opposer à son désir, Achille se plia à cette supercherie. Mais, un jour, un marchand se présenta devant toutes les princesses logées chez Lycomède pour leur proposer des bijoux. Il s'appelait Ulysse, et était en réalité le roi d'Ithaque. Informé par Calchas du lieu où le fils de Pelée était caché, il laissa habilement traîner sa cuirasse et son épée. Dédaignant les atours des filles, Achille oublia son rôle et se saisit des armes pour s'en amuser. Démasqué par Ulysse, il le suivit avec joie pour rejoindre l'armée grecque et la guerre.

Thétis, elle, était effondrée.

— Si tu es vraiment déterminé à t'engager avec Ulysse contre les Troyens, je ne peux aller cette fois contre ta volonté, lui déclara-t-elle en ravalant courageusement ses larmes. Mais prends cette armure et cette épée, forgées pour toi par Héphaïstos[1].

---

1. Héphaïstos, dieu des forgerons, avait été recueilli par Thétis après que sa mère, Héra, l'eut précipité du haut de l'Olympe.

Emmène aussi Xanthos et Balios, les chevaux divins que m'ont offerts les dieux pour mon mariage. Ils sont vaillants, et immortels...

— Je vous remercie du fond du cœur, Mère. N'ayez pas de chagrin. J'ai été préparé pour le combat, et si je dois mourir, cela m'est égal. Je préfère une vie courte et glorieuse à une existence plus longue et plus banale.

Le cœur léger, Achille suivit Ulysse jusqu'à Troie. Patrocle, son ami d'enfance, se joignit à lui. Sur la plage où on livrait combat se trouvaient déjà quelques Achéens célèbres : Agamemnon, leur chef, frère de Ménélas, Ménélas lui-même bien sûr, roi de Sparte et premier époux de cette Hélène qui l'avait trahi, et aussi Ajax, Diomède et bien d'autres...

Dans le début de son *Iliade*, Homère met en scène la colère d'Achille. Cet Achille qui, sous les épaisses murailles de Troie, fut ombrageux, rancunier, et toujours belliqueux[1].

En cette dixième année de guerre, et à la suite d'une dispute avec Agamemnon, il refusa de se battre. Retiré sous sa tente et d'une humeur massacrante, il laissa Patrocle prendre la tête de ses troupes et conduire son char. Mais le valeureux

---

1. Est belliqueux qui aime se battre.

guerrier Hector, fils aîné du roi Priam, atteignit d'un coup fatal son fidèle ami.

— Patrocle est mort par ma faute, se lamenta Achille en apprenant la nouvelle. Si j'avais accepté ce combat, rien de tout cela ne serait arrivé.

Il sanglota, hurla, et se laissa aller au désespoir avant de se reprendre enfin. Sa fureur l'emporta sur sa peine. Il devait venger Patrocle ! Il tuerait cet Hector, même s'il devait aussi y laisser sa vie.

Il rejoignit la plaine et prit place sur son char, le visage fermé.

— Xanthos, Balios, allons-y, ordonna-t-il aux chevaux divins.

Un duel acharné opposa les deux hommes, au terme duquel Achille tua Hector. Encore aveuglé par la rancune, le fils de Thétis attacha le corps du Troyen à son char et le traîna avec une cruauté qui émut même les dieux de l'Olympe.

— Il faut faire cesser cela, déclara Zeus à son fils Hermès. Va chercher le roi Priam et conduis-le chez Achille !

Touché par le chagrin de ce père âgé et brisé, Achille rendit enfin le corps d'Hector aux siens.

Les jours passèrent, lourds en souffrance pour les deux peuples. Soucieux de divertir les hommes avec des prières et des sacrifices aux dieux, le roi Priam proposa une trêve, qui fut acceptée avec soulagement par les deux camps.

Il ne savait pas qu'Hécube, son épouse, meurtrie par la perte de ses fils, avait d'autres projets.

Achille fut invité à rejoindre le roi Priam dans le temple d'Apollon, pour une éventuelle négociation de paix. Sans armes, le fils de Thétis se rendit donc aux portes de la cité, où Pâris, et non Priam, l'attendait, un arc à la main. Sa flèche atteignit Achille juste au talon, là où les eaux du Styx n'avaient pu l'immuniser. Et même Héra et Athéna, qui protégeaient de leur mieux les Grecs, ne purent rien pour lui.

Et il ne resta à Thétis qu'à pleurer ce fils tant aimé. Les Néréides l'accompagnèrent, et le corps d'Achille fut brûlé, comme c'était la coutume, dix-sept jours après.

Aujourd'hui, l'expression « talon d'Achille » est employée quotidiennement et dans n'importe quel domaine. C'est le symbole d'une vulnérabilité, le synonyme de « point faible ».

« Une voix de stentor »
ou le Guerrier de Thrace

Les combats, mais aussi les douleurs et les peines des hommes et des femmes des deux camps, tout cela nous a été rapporté par le poète Homère dans son *Iliade*. Et encore, son récit ne couvre que quelques semaines de conflit, au cours de la dixième année. La guerre de Troie[1] est la plus ancienne dont nous possédions des écrits. La plus célèbre aussi de notre littérature et de notre Histoire.

Dans les premiers chapitres, qui sont appelés aussi des « chants », de nombreux héros apparaissent, comme Achille, Ulysse, Patrocle du côté grec, ou Hector, Pâris, Priam du côté troyen... Ce sont les plus connus. Mais un autre était présent, à qui Homère n'a pas consacré de nombreuses lignes. Pourtant, son souvenir a traversé les millénaires...

Souvenez-vous... Depuis la querelle qui les avait opposées à Aphrodite, protectrice de Pâris

---

1. Les ruines de l'antique cité de Troie sont situées en Turquie, à Hissarlik, sur les rives de l'Hellespont.

et des Troyens, Héra et Athéna veillaient sur les Achéens. Mais d'autres dieux se mêlaient de cette bataille, et en profitaient même pour régler leurs comptes entre eux. Pauvres humains ! Un brouillard soudain pouvait leur sauver la vie, une main ennemie guidée par un dieu leur donner la mort...

Or il arriva que les Grecs, momentanément abandonnés par Achille, perdent confiance. Leur malaise n'échappa ni à l'épouse ni à la fille de Zeus.

— Mais que font-ils ? On dirait qu'ils n'ont plus aucune énergie ! se lamenta Athéna.

— Attends, je vais les stimuler, déclara Héra.

La déesse aux bras blancs s'arrête et pousse un cri. Elle a commencé par prendre l'aspect de Stentor au grand cœur, à la voix de bronze, aussi forte que celle de cinquante hommes réunis... dit Homère.

Héra revêt l'apparence du crieur de l'armée grecque. Un guerrier valeureux, né en Thrace[1], connu et aimé de tous les combattants. Le premier à avoir soufflé dans un coquillage du nom de conque comme on souffle dans une trompette...

— Stentor ! hurlèrent les Grecs galvanisés.

Puis ils se turent, et l'écoutèrent, reprenant courage et entrain.

---

1. La Thrace est aujourd'hui une région partagée entre la Bulgarie, la Turquie et la Grèce.

Mais un autre dieu eut affaire à Stentor : Hermès, le fils de Zeus et de Maïa. Ce messager des dieux était lui aussi doté d'une voix très puissante, en plus d'une mémoire extraordinaire... Pourquoi le guerrier grec voulut-il se mesurer à lui ? Rivaliser avec un dieu a toujours été pour les mortels d'une imprudence folle...

Stentor, donc, voulut savoir lequel d'entre eux deux avait la voix la plus forte. Le résultat ? Il fut à l'avantage du fils de Zeus. Et comme souvent dans ce genre de compétition bien inégale, le pauvre Stentor paya de sa vie sa défaite.

Plus de trois mille deux cents ans après pourtant, son nom fait partie de notre langage courant. Qui n'a jamais entendu l'expression « avoir une voix de Stentor » ? Cela signifie avoir une voix forte, audible, retentissante, qui porte au loin...

2. Autour de l'*Odyssée*

❋

Si la seconde œuvre d'Homère s'appelle l'*Odyssée*, c'est parce qu'elle raconte l'aventure d'Ulysse. Et qu'en grec, Ulysse se dit *Odysséus*.

Écrite après l'*Iliade*, elle se divise en vingt-quatre chants, et décrit le voyage accompli jadis par ce guerrier grec courageux et rusé qui, durant la guerre de Troie, eut l'idée de construire un cheval de bois rempli de combattants, provoquant la chute de la cité.

Ulysse est le roi d'Ithaque ; lorsque la victoire des Grecs est proclamée, il prend la mer avec une douzaine de vaisseaux et met le cap en direction de son île. Pénélope, son épouse, lui manque beaucoup et il connaît à peine son fils Télémaque, qui n'était qu'un bébé lorsqu'il l'a quitté. Mais ce retour, que le héros espère rapide, va prendre dix ans. Dix années d'errance, de doutes, de peurs, de souffrances, où il devra mettre en avant toutes ses qualités afin d'arriver au but qu'il s'est fixé.

Car les dieux, qui ont participé au long combat entre Troyens et Grecs, soit du côté des vainqueurs soit du côté des vaincus, ne veulent pas s'arrêter là. Ils souhaitent poursuivre leur influence sur le sort des humains qu'ils manipulent un peu comme des marionnettes. Athéna et Hermès protègent Ulysse, mais Zeus et Poséidon sont ses farouches ennemis...

L'*Odyssée* est un récit fabuleux, mais aussi une leçon de vie. On trouve chez Ulysse toutes les vertus valorisées par les Grecs. Grand, beau, séduisant mais fidèle, Ulysse est sensible mais doué de force, intelligent et patient. De plus, c'est un homme juste. Il sait garder son sang-froid, ce qui va le sauver plusieurs fois. Des générations de jeunes Grecs ont aimé et appris par cœur cette œuvre d'Homère, qui, comme l'*Iliade*, a traversé les millénaires.

L'expression « une odyssée » signifie de nos jours une aventure, un voyage mouvementé ou périlleux.

On pense qu'Ulysse a réellement existé. Dans la baie de l'île d'Ithaque, on a retrouvé par exemple treize trépieds de bronze décrits par Homère, offerts au héros par les Phéaciens. Des vestiges de son palais ont également été mis au jour. Et, on a découvert que les descriptions géographiques reposent sur des données réelles. L'*Odyssée* contient donc beaucoup de vérités, de quoi nous faire longtemps rêver. C'est un texte poétique aussi. Le « style homérique » ou la « formule homérique » sont des épithètes accolées aux noms par Homère pour qualifier les dieux ou les héros. Amusez-vous à les retrouver. D'Ulysse on dit qu'il est « l'homme aux mille ruses », « le divin Ulysse », « Ulysse le généreux » par exemple. Sur les dieux : Hermès « messager des dieux », Zeus « assembleur de nuées », Athéna « aux yeux pers » ou « fille de Zeus », Aurore « l'aube aux doigts de rose »... Je compte sur vous pour compléter ma page...

Les expressions ou les mots qui trouvent leur origine dans l'*Odyssée* sont nombreux. J'en ai choisi trois : « une éolienne », « aller de Charybde en Scylla », et « avoir un mentor ».

« Une éolienne »
ou le Récit d'une vengeance tempétueuse

C'est sur une île flottant au milieu de la mer Tyrrhénienne[1] et entourée d'un mur de bronze que vivait le dieu des Vents, Éole. Dans son palais, juché sur un promontoire rocheux, la vie était douce. Banquets et fêtes se succédaient. Pour Ulysse et ses

1. Mer située en face de la Sicile, à l'ouest, devant l'extrémité de la « botte ».

compagnons, épuisés par d'éprouvantes aventures, cette escale fut un enchantement.

Il leur fallut une journée entière de sommeil et encore quelques heures de repos avant qu'ils aient le courage de raconter à leur hôte les terribles rencontres des semaines passées : leur escale chez les Cicones[1], après avoir quitté Troie, et la perte de soixante-douze hommes ; leur accostage chez les Lotophages, peuple mangeur de fleurs de lotus[2] duquel Ulysse dut soustraire de force ses compagnons ; leur arrivée chez les cyclopes et l'horrible combat mené contre Polyphème dont il fallut crever l'œil unique...

— Jamais je n'ai vu la mort d'aussi près, même lors de notre guerre contre les Troyens, assura Ulysse la voix encore tremblante. Plusieurs des nôtres ont été littéralement dévorés par ce monstre.

— Tu as eu beaucoup de chance de pouvoir fuir, lui déclara Éole. Lorsque tu désireras repartir, je te procurerai ce qu'il te faut pour accomplir sereinement le reste de ton voyage.

Les Grecs restèrent longtemps encore à profiter de la gentillesse et de l'hospitalité d'Éole. Ils appréciaient ces heures de détente passées à danser ou

---

[1]. Les Cicones sont une tribu vivant sur la côte sud de la Thrace.
[2]. Manger des fleurs de lotus provoquait l'oubli de tout. Ne restait plus que le désir de rester chez les Lotophages.

chanter avec les six garçons et les six filles du dieu du vent. Mais la nostalgie d'Ithaque redevint forte pour Ulysse et il ordonna à ses compagnons de préparer les bateaux. Lorsqu'il annonça son départ à Éole, ce dernier le prit à part :

— J'ai là un sac en peau bien fermé dans lequel sont pris au piège tous les vents hostiles à ton retour. Seul Zéphyr est en liberté et sa brise d'ouest facilitera ta traversée. Ne dis rien à personne de ce cadeau et prends la mer tranquille, tu seras bientôt chez toi !

Ulysse, très ému, remercia Éole en le prenant dans ses bras. Il était fou de joie à l'idée de savoir les tempêtes et les souffles contraires écartés de sa route.

— Jamais je n'oublierai ton geste, lui dit-il.

— Tu me remercieras lorsque tu seras arrivé, répondit Éole. Allez, Ulysse, fais bon voyage !

Le bateau prit le large, voguant sereinement. L'air était doux, les voiles bien gonflées, et les journées se déroulèrent sans incident. Neuf jours étaient passés lorsque les côtes d'Ithaque se détachèrent sur l'horizon et des cris d'allégresse fusèrent dans le navire. « Demain, je retrouverai ma terre », pensa Ulysse. Il était épuisé. Décidé à surveiller le sac d'Éole, il s'était privé de sommeil depuis leur départ. Soudain plus détendu, il s'allongea à l'avant du navire, sa précieuse besace serrée contre lui. Fermant les yeux, il savoura la nouvelle, imaginant le prochain bonheur de Pénélope. Sa fatigue fut la plus forte et il s'endormit.

À quelques pas de lui, un drame se nouait.

— Qu'est-ce qu'il garde dans cette sacoche ? demanda un des marins.

— Par Zeus, je n'en sais rien mais il y tient beaucoup... ricana un autre.

— Hum, chuchota un troisième, si cela se trouve, c'est un trésor !

— C'est fort possible, car il oublie même de dormir pour le surveiller... reprit le premier.

Voilà qu'ils s'excitaient les uns les autres, imaginant je ne sais quels bijoux d'or offerts par Éole, lorsqu'un léger ronflement se fit entendre.

— Il s'est assoupi ! s'exclama un des trois hommes. Nous avons de la chance... Profitons-en pour savoir ce qu'il cache. Venez !

Ils s'approchèrent doucement et s'emparèrent de la besace de peau, le regard avide, persuadés d'y trouver la fortune...

Ulysse fut tiré brusquement du sommeil par des sifflements. Le ciel était sombre, menaçant et le navire était secoué de toutes parts. Il voulut se relever, mais une violente bourrasque balaya le pont et le rejeta sur le sol. Alors, tout lui revint en mémoire.

— Par Zeus ! hurla-t-il en regardant tout autour de lui, où est ma besace ?

Le mugissement qui se fit entendre au-dessus de sa tête fut sa seule réponse. Euros le vent de l'est, Notos celui du sud, et Borée le vent du nord se disputaient férocement, chacun voulant orienter le sens de la navigation à la place du pauvre Zéphyr qui faisait de son mieux pour leur résister. Ulysse laissa échapper un cri de rage :

— Malheureux marins ! Qu'avez-vous fait ? À cause de vous, jamais nous n'atteindrons Ithaque...

À présent prisonnier des éléments déchaînés, le bateau voyait tour à tour sa proue[1] s'envoler dans les airs puis être engloutie par les flots. Dans un craquement sinistre, la grand-voile commença à se déchirer. Ce n'était plus une tempête, mais un ouragan qui se jouait de la solide embarcation en la considérant comme un vulgaire esquif[2] prêt à chavirer. S'il ne s'était pas nommé Ulysse, notre héros en aurait pleuré : « Tout ce parcours accompli pour rien, et cela par ma faute ! pensa-t-il en comprenant qu'ils repartaient vers le large. Pourquoi donc me suis-je endormi ? Je n'avais pas le droit de me laisser aller ainsi... »

---

1. La proue est la partie avant d'un bateau.
2. Un esquif est un petit bateau très fragile.

Cela dura des heures et des jours. Il n'y avait rien à faire d'autre que d'attendre, saoul de pluie et de vent, s'appliquant à chasser de son esprit l'obsédante idée d'un naufrage.

Lorsque les murs de bronze de la cité d'Éole apparurent sous les yeux d'Ulysse, l'espoir d'une nouvelle aide revint, mais il fut vite déçu. Le dieu des Vents était de méchante humeur.

— Jamais je n'ai vu pareille malchance toucher quelqu'un ! déclara-t-il. Tu as dû offenser un dieu très puissant pour qu'il s'oppose ainsi à ton retour. Désolé, mais je ne veux pas avoir d'ennuis. Reprends la mer maintenant, et débrouille-toi avec tes imbéciles de marins...

Ulysse reprit alors son errance sur la mer, tout en réfléchissant. Et si c'était à Poséidon qu'il devait son malheur ? Lorsque le cyclope Polyphème avait, lors d'une précédente escale, dévoré certains de ses hommes, Ulysse lui avait crevé son unique œil afin de pouvoir s'enfuir. Mais, dans un accès d'orgueil, il n'avait pu s'empêcher de confier son nom au blessé, fier de ce qu'il avait accompli contre lui, et oubliant qu'il était un des fils de Poséidon[1]. Cela avait été bien imprudent de sa part...

---

1. Polyphème, devenu aveugle, avait adressé cette prière à son père : « Poséidon, s'il est vrai que je suis ton fils, fais pour moi que cet Ulysse ne rentre jamais chez lui... ».

Aujourd'hui de puissantes machines utilisent la force du vent pour produire de l'énergie, s'affichant un peu partout sur notre territoire. Ce sont des « éoliennes » et elles ne craignent pas les assauts de Notos, Borée, Euros et Zéphyr, bien au contraire. Là-bas sur son île, Éole doit être content...

« Aller de Charybde en Scylla » *ou* le Détroit de Messine

Il y a fort longtemps, sur les côtes du sud de l'Italie, vivait une jolie nymphe nommée Scylla. Comme toutes les Néréides[1], elle passait son existence à nager dans les flots ou à se reposer paisiblement sur le sable. Bien sûr, sa beauté attirait autour d'elle une foule de courtisans, mais elle repoussait tous ceux

1. Les Néréides sont les nymphes de la Mer.

qui voulaient la séduire, persuadée que l'amour n'engendrait que des peines. Et ce n'était pas sa meilleure amie, Galatée, qui allait la contredire ; cette dernière était inconsolable, depuis la mort de son aimé Acis, tué dans un accès de jalousie par le géant Polyphème...

Un jour, alors qu'elle se prélassait à l'ombre d'une cavité rocheuse, un être étrange, mi-humain mi-poisson, se dirigea vers elle. Effrayée, Scylla escalada aussi rapidement qu'elle le put le roc sous lequel elle s'abritait et, de son promontoire, examina plus longuement le personnage qui l'interpellait :

— Je suis Glaucos, un mortel transformé en dieu des Eaux depuis peu de temps. Comme tu es belle ! Ne pourrais-tu descendre auprès de moi pour bavarder ?

Scylla eut une moue de dégoût en découvrant la chevelure hirsute et couverte d'écume qui lui dégringolait jusqu'aux reins, et la barbe mal taillée parsemée de morceaux d'algues. Une peau verdâtre et des yeux glauques complétaient un tableau que la jeune nymphe n'eut pas du tout envie de contempler plus longtemps. Effrayée, elle s'enfuit en courant.

« Jamais une telle beauté ne pourra m'aimer, pensa Glaucos, désemparé. À moins d'un sortilège... »

Un sortilège ? Ce seul mot modifia en un instant l'humeur du dieu des Eaux. Car il connaissait une femme, une magicienne, capable d'accomplir un tel prodige ! Circé bien sûr, la fille du Soleil, savait tout des enchantements, des potions magiques. Elle l'aiderait c'est sûr, lui concocterait un philtre pour que Scylla lui ouvre les bras...

Glaucos se dirigea donc vers le nord, là où se trouvait le royaume de Circé[1]. Hélas, il était naïf ! Il ne s'était même pas rendu compte que, depuis longtemps déjà, la magicienne lui trouvait du charme, qu'elle espérait le séduire... Évidemment, quand il lui raconta qu'il était tombé amoureux d'une jolie néréide, elle fut terriblement vexée.

— Tu ferais mieux de rechercher une amante prête à t'écouter, et animée des mêmes désirs que toi... lui lança-t-elle, essayant de lui révéler le penchant qu'elle avait pour lui.

Mais Glaucos, incapable de songer à une autre femme, déclara à Circé que, jusqu'à sa mort, il n'aimerait que Scylla.

Indignée de voir ses avances repoussées, la magicienne s'enflamma de colère. Ne pouvant punir Glaucos, qu'elle aimait encore, elle décida de se venger sur Scylla. Le soir même, elle commença sa quête d'herbes toutes puissantes, arpentant nuit après nuit les bois et les plaines. Quand elle eut ramassé toutes

---

1. Localisé au sud de Rome, en Italie, ce lieu correspondrait au « Monte Circeo ».

les plantes nécessaires, elle les malaxa jusqu'à obtenir son élixir. Enfin, quand la lune monta dans le ciel, pleine et brillante, elle se rendit sur la plage préférée de la nymphe et, tout chantant et en dansant, y dispersa ses poisons vénéneux...

Le lendemain, le soleil atteignait déjà le milieu de sa course quand Scylla foula à nouveau de ses pieds nus le sable chaud de sa petite crique. Elle avait oublié Glaucos, et songeait au désespoir de son amie Galatée. Un peu triste, elle entra dans les flots calmes et tièdes. L'eau lui arrivait à la taille lorsqu'il lui sembla entendre un chien aboyer.

« C'est curieux, il n'y a jamais eu de chien ici », s'étonna la jolie nymphe en balayant du regard les alentours.

Un deuxième aboiement résonna, plus proche, puis un troisième encore. C'est alors qu'à son grand effroi, Scylla vit que les têtes des animaux étaient maintenant contre elle, tout autour d'elle. Elle essaya de les chasser, mais elle ne sentait plus ses bras. Ni ses jambes d'ailleurs, qui ne lui obéissaient plus. Les chiens avaient pris possession de ses membres, de ses épaules, d'une partie de son torse...

— Non ! hurla-t-elle, terrorisée.

À présent Scylla était affublée de douze pattes ! Elle n'était plus une femme, mais une horde de six chiens monstrueux soudés entre eux par le peu qui restait d'elle. Le courant la poussa au large, l'emportant dans le creux d'un rocher, à une extrémité du détroit de Messine.

Caché derrière un buisson, courbé en deux par le chagrin, Glaucos pleurait.

— Comment as-tu pu commettre un acte aussi cruel ? demanda-t-il à la magicienne quand il la revit. Après cela, il est bien certain que je ne pourrai jamais t'aimer...

— Ne me blâme pas, répondit Circé avec légèreté. Les dieux ne font-ils pas bien pire ? Que sais-tu par exemple de ce tourbillon qui se trouve en face du rocher de Scylla, de l'autre côté du détroit, et qu'on appelle Charybde ?

— Là où la mer fait entendre de terribles rugissements ? demanda Glaucos. C'est un endroit que j'évitais soigneusement lorsque j'étais encore un pêcheur.

— Eh bien ce tourbillon qui engloutit les flots puis les vomit tour à tour était une des filles de Poséidon, le dieu de la Mer, et de Gaïa, la Terre. Son nom était Charybde et sa particularité d'avoir toujours faim. Pour son malheur, elle dévora une partie du troupeau d'Héraclès[1], et Zeus ne trouva rien de mieux que de la transformer en grotte marine munie d'une bouche inassouvissable avalant et régurgitant trois fois par jour tout ce qui passe à sa portée.

---

1. Héraclès est un héros, fils de Zeus et d'Alcmène.

— Mais c'est odieux un châtiment pareil ! s'exclama Glaucos. Et maintenant, à cause de toi, les pécheurs auront non seulement à éviter Charybde, mais aussi cette pauvre Scylla. Cela va être bien compliqué de naviguer !

Et ce fut très compliqué en effet, notamment pour Ulysse, lors de son « Odyssée ». Deux fois, il fut contraint de passer par le détroit de Messine, qui sépare la Sicile de l'Italie. La première fois, six de ses compagnons furent happés par les chiens de Scylla, et dévorés vivants. La seconde, il n'évita la mort que de justesse, accroché aux branches d'un figuier qui avait poussé sur la grotte, en attendant que Charybde recrache son bateau, qu'elle avait avalé...

Depuis l'antiquité, Charybde et Scylla sont liées du fait de leur histoire. Mais ce n'est qu'à partir du XVIe siècle que l'on emploie couramment l'expression « tomber de Charybde en Scylla ».

Mot à mot, c'est éviter un écueil pour tomber sur un autre, mais plus généralement cela signifie : éviter un malheur pour en affronter un pire. On dit aussi familièrement « aller de mal en pis ».

Une petite note plus gaie : Charybde a donné son nom à une variété de méduses, et Scylla à une variété de crabes.

« Avoir un mentor »
ou le Voyage de Télémaque

— Viens, Euryclée, j'ai à te parler en privé, déclara Télémaque.

La vieille nourrice quitta les servantes avec qui elle s'entretenait pour accompagner le jeune homme dans une pièce isolée. Elle avait l'air inquiet.

— Euryclée, j'ai décidé de m'absenter quelques semaines. J'aimerais que tu gardes le secret vis-à-vis de Mère le plus longtemps possible...

— Tu veux partir ? l'interrompit-elle. C'est incroyable d'envisager de nous laisser seules en ce moment, alors que le palais subit de si grands désordres !

L'émotion submergea la vieille femme et des larmes se mirent à couler sur ses joues ridées. Télémaque prit ses mains dans les siennes.

— Calme-toi, Euryclée. Tu vois bien que, justement, ces troubles ne peuvent plus continuer, qu'il faut trouver une solution. Je dois savoir si Ulysse, mon père, est toujours vivant. Ensuite seulement je pourrai, avec Mère, prendre les décisions qui s'imposent.

— Pauvre Ulysse. Cela fait si longtemps maintenant qu'il nous a quittés, murmura Euryclée. Vingt ans bientôt ! Je l'ai élevé comme mon propre fils mais ensuite, lorsqu'il a épousé Pénélope et que tu es venu au monde, c'est à vous trois que j'ai donné mon affection. Je ne veux pas te perdre Télémaque ! Et pense à ta pauvre mère, elle n'y survivrait pas...

— Je ne vais pas à la guerre, moi, dit le jeune homme d'un ton rassurant. Simplement rencontrer ceux qui ont vu Père, ou reçu de ses nouvelles. C'est Mentor qui m'a conseillé ce voyage.

— Mentor ? L'ami d'enfance d'Ulysse ? s'exclama la nourrice, dont le visage s'était soudain éclairé.

— Mais oui, il m'a rendu visite ; c'est même lui qui équipe le bateau sur lequel j'embarquerai. Mais il me faut des vivres. Du vin dans des amphores, de la farine dans des sacs. Les rameurs ne doivent manquer de rien !

— Bien sûr, bien sûr, approuva la vieille femme. Quand je pense... Mentor... cela change tout ! J'ai toujours eu confiance en lui.

Elle leva vers Télémaque un regard décidé où toute trace de larmes avait disparu.

— Je vais te faire préparer tout cela. Et pour ta mère, c'est promis, j'inventerai une histoire qui lui évitera de s'alarmer.

Télémaque n'avait aucun souvenir de son père, roi de la petite île d'Ithaque. Il n'était qu'un bébé quand Ulysse avait dû se joindre, sans enthousiasme, à l'expédition dirigée contre la cité de Troie par tous les chefs des États grecs.

Cependant, Pénélope avait parlé de lui et, de temps à autre, ils avaient eu de ses nouvelles, notamment lorsque le conflit, au bout de dix ans, s'était enfin terminé. Avec une fierté sans bornes, Télémaque avait appris que son père avait imaginé et fait construire un cheval de bois dans lequel des Grecs s'étaient cachés et que des Troyens, trop crédules, avaient introduit dans le cœur de leur cité, la conduisant à un saccage définitif... Ensuite, Ulysse s'était embarqué sur un bateau équipé de cinquante rameurs, en vue de regagner Ithaque. Mais à cette époque, faute de sécurité, la navigation ne se pratiquait qu'à la belle saison, et les marins restaient à terre de longs mois. De plus, en mer, de nombreux dangers les guettaient. Parfois il suffisait qu'un dieu s'oppose à leur bonheur pour que soient semés sur leur route des obstacles répétés. On pouvait tout imaginer pour expliquer le silence de plusieurs années qui s'était écoulé depuis qu'Ulysse avait quitté Troie.

Peu à peu les chefs des îles voisines avaient convoité la terre aride, mais riche et bien gérée d'Ithaque, où le grain et le vin abondaient, se mettant en tête d'épouser Pénélope. L'épouse d'Ulysse les avait fait attendre très longtemps, usant de tous les subterfuges pour refuser leurs avances. Les Prétendants, comme on les nommait, avaient alors envahi le palais et la situation des proches d'Ulysse était difficile.

Le lendemain, à l'aube, Télémaque monta à bord du navire préparé par Mentor, un sourire réjoui aux lèvres. La veille, dans l'après-midi, il avait réuni les hommes qui s'incrustaient chez lui, et d'une voix ferme, leur avait demandé de quitter la demeure de sa famille.

— Je pars à la recherche de mon père que je ne crois pas mort comme vous le pensez. Ce n'est qu'à mon retour qu'une décision sera prise quant au mariage de ma mère. Mais gare si Ulysse rentre avec moi. Je ne donne pas cher alors de votre vie à tous !

Il n'en revenait pas d'avoir parlé comme un adulte. Bien sûr il n'avait fait que répéter les paroles que Mentor lui avait conseillé de prononcer, mais le ton y était, et la conviction aussi. Il avait beaucoup de chance d'avoir le sage ami de son père à ses côtés.

Le vent leur était favorable, aussi la traversée fut rapide. Lorsque Télémaque vit surgir dans le lointain la silhouette du palais de Pylos[1], son cœur se mit à battre plus fort dans sa poitrine.

— On dit que Nestor est un roi âgé, qui règne depuis plusieurs décennies. Crois-tu qu'il prendra la peine de m'écouter ? demanda-t-il à Mentor.

— N'aie crainte mon garçon. Nestor était un fidèle compagnon d'Ulysse et il sera ravi de t'aider. Tu as su t'exprimer devant les Prétendants et c'était bien plus difficile. Tu sauras trouver les mots aujourd'hui.

Sur la plage où ils accostèrent, Mentor et Télémaque trouvèrent des hommes en train d'organiser un banquet. Tout autour d'eux, des viandes rôtissaient, dégageant une odeur alléchante qui leur mit l'eau à la bouche après leur traversée.

— Qui que vous soyez étrangers, partagez nos libations[2] et notre festin en l'honneur de Poséidon. Ensuite, nous parlerons.

Ils mangèrent avec appétit, puis, comme Nestor le leur avait demandé, se présentèrent, l'un après l'autre. Mentor commença puis, jetant un coup d'œil encourageant à Télémaque, lui laissa la parole. Aussitôt le jeune homme oublia toute timidité et,

1. Pointe sud-ouest de la Grèce. À l'époque, le palais de Nestor n'avait pas de murailles pour le protéger.
2. Vin versé en l'honneur des dieux.

s'exprimant avec une grande aisance, pria Nestor de ne rien lui cacher sur le sort de son père.

— Le fils d'Ulysse... murmura le vieux roi. Si je m'attendais...

Un voile de tristesse avait assombri son beau regard.

— Ulysse, mon cher compagnon, poursuivit-il la voix bouleversée par l'émotion. Que d'épreuves nous avons traversées ensemble, sous les remparts de Troie où, hélas ! j'ai vu mourir mon fils Antiloque. Non, je n'ai aucune nouvelle de lui. Mais garde espoir, car il est très aimé des dieux et d'Athéna en particulier. Va voir Ménélas, le roi de Sparte. Lui a erré huit ans en mer avant de retrouver sa ville. Peut-être se seront-ils croisés ?

Le soir venu, Mentor insista pour regagner le bateau et les rameurs alors que Télémaque était invité à passer la nuit chez Nestor.

— Dors bien, lui dit ce dernier. Demain matin, mon fils Pisistrate te conduira chez Ménélas, avec des chevaux frais.

Il leur fallut deux jours pour atteindre le magnifique palais du roi de Sparte. *Sous les hauts plafonds de la grande demeure*[1] se déroulait un banquet en l'honneur d'Hermione, la fille d'Hélène et de Ménélas. Il n'échappa pas à ce dernier que

---

1. Phrase tirée de l'*Odyssée*.

son jeune invité était le portrait d'Ulysse et il prit Télémaque dans ses bras avec tendresse.

— Écoute, lui dit-il, la dernière fois que j'ai entendu parler de ton père, c'était par Protée, qui a le don de prophétie. Il m'a assuré qu'il était vivant, mais prisonnier de la nymphe Calypso, qui l'aime et le retient sur son île. Il paraît qu'il ne songe qu'à rejoindre Ithaque.

Par politesse, Télémaque accepta de passer quelques jours auprès du roi de Sparte qui le couvrait de cadeaux. Mais il lui tardait de parler à sa mère et de s'assurer que la situation à Ithaque n'avait pas empiré. Quand enfin ils purent s'échapper, Pisistrate et Télémaque sautèrent sur leur char et filèrent jusqu'à Pylos. Là, profondément angoissé, le fils d'Ulysse s'embarqua sur le navire qui l'attendait, sans prendre le temps de saluer le vieux Nestor.

— Va ! lui ordonna Pisistrate, car le sort de ta mère est bien plus urgent.

Le jeune homme regagna son île. Il n'avait pas encore atteint le palais qu'il rencontra un mendiant avec qui il échangea quelques mots. L'instant d'après ce dernier se métamorphosa en un homme splendide et richement vêtu.

— Je suis ton père Ulysse, dit-il en prenant la main du jeune homme.

— Mais, comment se fait-il ? balbutia Télémaque. Seuls les dieux peuvent changer d'apparence !

— C'est Athéna qui m'offre son aide afin que j'arrive au but. Je ne me montre qu'à toi. Ensuite, redevenu mendiant, j'irai au palais et nous ferons un plan d'attaque discret. Car je sais tout ce que ta mère et toi subissez et il est temps d'éliminer les Prétendants !

Émus jusqu'aux larmes, ils tombèrent dans les bras l'un de l'autre.

Plus tard, ils combattirent ensemble les Prétendants, Ulysse retrouva Pénélope, et la paix revint au palais.

Est-ce grâce à Athéna ? À Mentor ? Ou aux deux ? Pour Homère, Mentor n'était autre que la déesse Athéna. Elle se serait fait passer pour lui afin de ne pas troubler Télémaque. En effet, le fils d'Ulysse l'aimait et avait une grande confiance en lui.

Longtemps, le nom de cet ami d'Ulysse fut oublié. Jusqu'à cette année 1699 où un écrivain français, Fénelon, publia un ouvrage intitulé *Les Aventures de Télémaque*. Le nom de Mentor, dont le rôle est considérable dans cette histoire, devint alors synonyme de guide expérimenté. Aujourd'hui « avoir un mentor » est une expression courante qui signifie avoir un conseiller avisé à ses côtés.

Partie III

AUTOUR DES MORTELS

Les histoires qui suivent se situent dans des lieux très différents et leurs personnages n'ont que peu de choses en commun si ce n'est d'être de simples mortels qui ont envié, aimé, créé, ou souffert. Mais à l'égal des dieux, ils nous ont légué des expressions inoubliables comme « une épée de Damoclès », « un fil d'Ariane », « se perdre dans un dédale » ou « le tonneau des Danaïdes ».

« Avoir une épée de Damoclès » *ou* Méfiance à Syracuse

Il existait, au Vᵉ siècle avant Jésus-Christ, une ville bénie des dieux. Son nom était Syracuse.

C'était une colonie grecque fondée trois siècles auparavant par la ville de Corinthe, sur la petite île d'Ortygie, au sud-est de la Sicile. À une époque où la Grèce, rayonnante, essaimait sa culture vers l'Orient et l'Occident, la cité devint vite riche et brillante, et elle s'étendit considérablement. En 405 avant notre ère, un homme grand et blond âgé de vingt-cinq ans, prit le pouvoir. C'était le nouveau tyran et il s'appelait Denys[1].

En ce temps-là, être un tyran ne signifiait pas se comporter en dictateur. Ce n'était que le titre donné à quelqu'un qui régnait seul, en privilégiant le peuple plutôt que les aristocrates. Denys, d'ailleurs, qui n'hésitait à prendre aux riches pour distribuer aux pauvres, était très populaire...

Syracuse, dont le magnifique théâtre venait d'être terminé, s'ouvrit aux arts et à la science, attirant de nombreux poètes et toutes sortes d'érudits[2]. Denys, passionné de philosophie, et qui admirait Platon, le fit venir en 387 avant Jésus-Christ. Mais leurs relations ne restèrent pas longtemps paisibles...

Dès l'arrivée de Denys au pouvoir, et pendant plusieurs années, Damoclès se rendit chaque jour au palais.

Rien n'aurait pu l'en empêcher.

Ce n'était pas pour approcher des gens célèbres ou participer à des concours de poésie qu'il approchait le tyran. C'était pour goûter l'atmosphère du palais, en savourer le luxe, jouir du raffinement des conversations. On le disait orfèvre et, sans doute, vivre au cœur d'une telle magnificence était pour

---

1. On l'appellera Denys 1er l'Ancien.
2. Un érudit est une personne qui possède des connaissances importantes dans un domaine précis.

lui le comble du bonheur. Aucune existence ne lui paraissait plus enviable que celle de Denys, dont il avait sensiblement le même âge.

— Comme je me sentirais heureux si j'étais à votre place ! lui déclara-t-il un soir.

Denys le dévisagea avec surprise. « Encore un flatteur, se dit-il, un de ces courtisans qui ne cherchent qu'à me plaire. »

Mais les semaines passaient et Damoclès, ébloui, ne changeait pas d'avis, idéalisant la fonction du tyran.

— Tant de richesses, de puissance, cela doit être merveilleux... lui répétait-il.

« À quoi bon lui répondre ? pensait Denys. Avec le temps, il s'apercevra bien de son erreur. »

Pourtant, comme tous les habitants de Syracuse, Damoclès n'ignorait pas les complots qui se tramaient régulièrement contre le gouverneur de la cité. Craignant sans cesse une attaque, Denys avait fait fortifier, non seulement son palais, mais la ville de Syracuse tout entière. Renforçant son armée, il avait mis sur pied un groupe de recherche chargé d'inventer de nouvelles armes, et qui conçut, en plus de l'ancêtre de l'arbalète, la fameuse catapulte, cette machine de guerre capable de lancer des projectiles à une grande distance.

Le tyran avait, de surcroît, un original moyen d'espionner les traîtrises des hommes. Il existait en effet, aux abords de la ville, une grotte creusée dans le calcaire que l'on appelait « oreille de Denys ». Elle se poursuivait par un long couloir d'environ soixante-cinq mètres, aboutissant à une salle où l'on entassait les prisonniers. Mais un phénomène acoustique[1] exceptionnel renvoyait l'écho des conversations qui se tenaient au cœur de la falaise. Si bien qu'en se tenant simplement sur le seuil de la caverne, Denys apprenait tout de ce qui se disait, se tramait, et avait là un moyen d'espionner et de châtier.

« Rien ne lui échappe, ni à lui ni à sa garde rapprochée », en avait conclu le jeune courtisan.

Un soir, au terme d'une journée au cours de laquelle Denys s'était rendu au temple, puis au théâtre, entouré d'hommes armés, Damoclès se retrouva parmi quelques habitués invités à dîner. Sans même se rendre compte que le tyran faisait goûter ses plats avant d'y toucher, et que son visage était méfiant et tourmenté, Damoclès s'exclama sans réfléchir :

— Comme cela doit être plaisant d'être l'objet de tant d'égards, de voir autour de soi des gens si empressés...

---

1. Est acoustique ce qui concerne la production et la réception des sons.

Denys ne cacha pas son agacement :

— C'est en effet très plaisant de risquer d'être empoisonné ! Mais dis-moi Damoclès, puisque mon sort te paraît si enviable, que dirais-tu de prendre ma place ?

— Mais comment ? C'est impossible, rétorqua Damoclès.

— C'est parfaitement possible, déclara le tyran, puisque je détiens l'autorité. Tu pourrais prendre ma place quelques jours. Cela me reposera, car je suis las d'entendre toujours les mêmes paroles ! Présente-toi demain à l'aube. Mes esclaves te vêtiront et te guideront dans tes nouvelles fonctions.

Damoclès ne put trouver le sommeil de la nuit. Il avait l'impression de vivre un rêve. Encore quelques heures, il serait à la tête de la splendide cité de Syracuse ! Quelle gloire allait être la sienne...

La matinée ne lui apporta que des confirmations : être souverain était un privilège extraordinaire. Il reçut des ambassadeurs qu'il écouta à peine, occupé à prendre la pose et à bomber le torse afin que tous admirent son somptueux manteau. Vinrent quelques personnes plus humbles, à qui il prodigua des conseils d'un air superbe et condescendant, tout à fait persuadé de son influence.

Puis des esclaves vinrent le chercher pour le conduire dans la salle du banquet. Damoclès fut subjugué par le faste du lieu, les vases en or, la vaisselle étincelante. Il prit place en face de Denys pendant qu'une femme se saisissait d'un hautbois et entamait quelques notes, et qu'une autre, d'une voix ferme et pure, se mettait à chanter.

Les mets savoureux se succédaient et le vin coulait à flots lorsque Denys prit la parole :

— Alors, demanda-t-il en souriant, es-tu heureux d'avoir pris ma place ?

Damoclès ne put cacher son enthousiasme :

— On ne peut imaginer une vie plus exquise, répondit-il.

— Mais très menacée... dit le tyran en fixant du regard le plafond.

Damoclès leva les yeux et se figea : une épée était suspendue juste au-dessus de sa tête.

— Mais... balbutia-t-il, pourquoi cette épée, et comment est-elle attachée ?

— Elle tient par un fil, plus précisément par un crin de mon cheval. Mais que fais-tu ? Tu ne vas pas t'en aller ! Le repas n'est pas terminé.

— Le repas m'est indifférent, murmura Damoclès livide, je ne veux pas risquer ma vie.

— Tu enviais mon pouvoir, les honneurs qui m'étaient dus. Mais à chaque instant, il me faut être vigilant car le danger me guette. Ce que tu prends pour le bonheur n'est qu'un état précaire, Damoclès.

Denys l'Ancien mourut en 367 avant Jésus-Christ, non d'un attentat comme il le craignait, mais d'un excès de boisson. Son fils Denys le Jeune lui succéda.

Ce n'est qu'au XIXe siècle que l'expression « avoir une épée de Damoclès au-dessus de la tête » a trouvé place dans notre langue, bien longtemps après cet épisode du règne de Denys l'Ancien, que l'auteur romain Cicéron nous conte dans son livre les *Tusculanes.* On emploie aussi l'expression « la vie ne tient qu'à un fil ». « Une épée de Damoclès » signifie aussi une situation périlleuse.

« Le fil d'Ariane »
ou Pour l'amour de Thésée

Assise au sommet de la colline, au milieu des pins et des cyprès, Ariane savourait le silence dont elle avait besoin. Car, dans quelques heures, et comme chaque année, elle allait devoir affronter les sombres agissements de son père.

Ariane était la fille du roi de Crète, Minos. Son enfance avait été insouciante et heureuse jusqu'au jour où son père avait envoyé son frère aîné Androgée dompter un taureau à Athènes. Le jeune homme avait triomphé, mais avait été assassiné au cours d'un banquet par des individus jaloux de son succès.

Fou de colère, Minos avait rallié Athènes avec son armée et fait déferler ses hommes sur la cité. Le roi Égée était intervenu, le suppliant d'arrêter son saccage.

— Soit ! avait lancé le roi de Crète, mais à une condition : chaque année sept garçons et sept filles seront envoyés sur mon île pour combattre face à un taureau. Et seuls ceux qui vaincront reverront leur pays. Justice sera ainsi rendue à mon fils.

Cependant, jamais un adolescent ne revint, car c'était une épreuve bien plus terrible qu'un simple combat contre un taureau que Minos leur infligeait...

Longtemps auparavant, Poséidon lui avait offert un superbe taureau blanc destiné à un sacrifice. Le souverain de Crète, le trouvant très beau, l'avait gardé en vie, contrariant en cela le dieu de la Mer. Ce dernier avait alors condamné l'épouse de Minos, Pasiphaé, à éprouver une passion amoureuse pour le taureau. De leur union était né Astérios, un être hybride[1] d'une force colossale, que l'on surnomma le Minotaure. Minos, couvert de honte, demanda à un artisan de génie de le cacher. Dédale conçut alors le labyrinthe, enchevêtrement inextricable de couloirs dont on ne pouvait sortir, et au fond duquel l'étrange animal fut placé.

Le crissement d'une branche tira Ariane de ses pensées. Sa servante se tenait près d'elle.

— Un bateau se profile à l'horizon, lui dit-elle. Les Athéniens approchent et votre père vous fait appeler.

1. Un être hybride est formé à la fois d'humain et d'animal.

Ariane se leva en soupirant. Quelle manie avait Minos de toujours imposer cette rencontre à sa famille !

Mais lorsqu'elle découvrit le jeune homme qui menait le groupe, son cœur se mit à battre plus fort dans sa poitrine.

« Comme il est beau ! » pensa-t-elle.

Grand, athlétique, avec des cheveux clairs et bouclés, il s'avançait face à Minos, le défiant du regard. Ariane frémit. Jamais personne n'avait osé toiser son père ainsi.

— Qui es-tu donc pour afficher tant d'assurance ? interrogea le roi de Crète, stupéfait.

— Le fils du roi d'Athènes, le prince Thésée, répondit le jeune homme.

— Que vient faire ici l'héritier du trône ? Tu n'ignores pas que les otages de ton peuple sont condamnés, je suppose ?

— Alors que vous aviez fait une promesse différente à mon père ! s'exclama Thésée. Je suis justement ici pour que cesse ce simulacre de justice. Depuis trop longtemps des innocents paient pour la mort de votre fils. Je vais me mesurer à votre taureau et si j'ai la chance de rester vivant, mes compagnons et moi devrons être libérés. Ensuite, ce rituel devra cesser !

Malgré la chaleur lourde qui accablait l'île, Ariane frissonna. Elle jeta un coup d'œil furtif à son père.

Le visage fermé, il se taisait. Quelque chose d'extraordinaire arriva alors : des voix s'élevèrent dans la foule pour soutenir le jeune homme. Les Crétois, gouvernés d'une main de fer, trouvaient encore le courage d'afficher leurs opinions. Minos dut prendre peur, car il déclara enfin :

— Soit. Si tu viens à bout du Minotaure, vous pourrez tous partir.

Subjuguée, Ariane ne quittait pas Thésée du regard. Lorsque ce dernier, fier de sa victoire, posa les yeux sur elle, elle décida que désormais leurs destins étaient liés. « Thésée mourra, c'est sûr... pensait-elle. Même s'il possède une bonne arme et qu'il trouve le Minotaure endormi, jamais il ne retrouvera le chemin de la sortie ! Dédale lui-même assure qu'il pourrait se perdre dans son labyrinthe... »

Dédale ! Comment n'y avait-elle pas songé plus tôt ? Si quelqu'un sur cette île était capable de l'aider, c'était bien lui, cet homme à la fois inventeur et architecte ! Sans attendre, Ariane se dirigea vers son atelier et lui expliqua la situation.

— Ce garçon, ce Thésée... il te plaît n'est-ce pas ? demanda l'homme en souriant.

Ariane fit semblant de ne pas entendre :

— Avons-nous un moyen de le sortir de ce piège ? interrogea-t-elle.

— Laisse-moi la nuit pour réfléchir, répondit Dédale.

À l'aube du lendemain, il avait trouvé.

Ariane n'avait pas dormi, mais avait beaucoup pensé : offrir la vie sauve à Thésée, c'était bien. Se faire aimer de lui, c'était encore mieux. Elle se présenta devant la geôle du jeune homme alors que le jour pointait. Les traits tirés, il esquissa un sourire en la reconnaissant. La jeune fille alla droit au but :

— Vous ne réussirez à vaincre le Minotaure que s'il est endormi, lui affirma-t-elle, mais vous ne pourrez jamais quitter le Labyrinthe. Personne ne peut retrouver la sortie.

— Oh, répondit Thésée, mes chances de quitter cette île sont minimes, je ne l'ignore pas.

— Eh bien, poursuivit Ariane, je connais un moyen de vous aider.

— Une fille de roi ferait cela ? s'étonna-t-il.

— Oui, balbutia-t-elle.

« Qu'il est beau, pensait-elle en même temps, s'il meurt, je mourrai aussi... »

— J'ai la solution pour vous permettre de revenir sur vos pas, si le Minotaure vous laisse en vie, poursuivit-elle.

— J'accepte ce cadeau de bon cœur et je vous en remercie, déclara le prince d'Athènes. Que voulez-vous de moi en échange ?

Ariane hésita quelques secondes. « Si je n'ose pas maintenant, je n'aurai pas d'autre chance », se persuada-t-elle.

— Je veux que vous me promettiez de m'épouser, lança-t-elle sans le regarder.

— Seuls les dieux décident du destin des hommes d'habitude, répondit Thésée. Cependant je vous le promets, nous nous marierons dès que je sortirai de ce labyrinthe... si j'en sors ! Maintenant, si vous me parliez de votre solution ?

Elle lui mit sous le nez une grosse pelote de fil tressé.

— Je me tiendrai à la porte avec cette pelote, expliqua Ariane, et vous déroulerez le fil tout au long du parcours. Lorsque vous aurez vaincu le Minotaure, il ne vous restera plus qu'à le rembobiner pour revenir jusqu'à moi.

— Bien sûr ! s'exclama Thésée. C'est une idée géniale ! Comment personne n'y a pensé avant ?

« Parce que personne jusqu'à ce jour n'a aimé l'un de ceux qui pénétraient dans ce lieu maudit », se retint de répondre Ariane.

— Je vais demander à mes compagnons de préparer le bateau et de nous attendre au port, déclara Thésée, puis j'irai affronter le monstre avant que ce palais ne se réveille.

Lorsqu'il découvrit la cavité sombre trouant la paroi rocheuse, le visage de Thésée se rembrunit soudain.

« Il n'osera pas », pensa Ariane. Mais c'était mal le connaître.

— Où se tient le Minotaure ? Est-ce qu'on le sait ? demanda-t-il.

— Tout au fond, et si nous ne l'entendons pas en ce moment, c'est qu'il dort. Seule condition pour l'attaquer.

Thésée attrapa le fil doré que lui tendait Ariane.

— Si je ne reviens pas, fuyez sur mon navire et portez la nouvelle à mon père, murmura-t-il.

Puis, lui tournant le dos, il se jeta dans les ténèbres.

Le temps s'étira. Seule la légère vibration du fil prouvait que Thésée errait dans l'imbroglio des couloirs du labyrinthe. Ariane tremblait de peur et de froid. Soudain, un grognement effroyable retentit et se répercuta dans toute la caverne. Le sol vacilla, les parois vibrèrent, entraînant la chute de quelques pierres, puis le souterrain retrouva la paix.

« Le Minotaure a tué Thésée » pensa Ariane. Mais le fil bougea encore et son espoir revint. Ensuite, tout se passa très vite. Thésée, essoufflé et couvert de sang, apparut sur le seuil et prit Ariane par la main.

— C'est fini. Le taureau est mort. Maintenant, courons le plus vite possible ! lui ordonna-t-il.

Le cœur battant, Ariane s'élança à ses côtés. Ils avaient réussi ! Elle allait se marier ! Jamais elle n'avait ressenti un si grand bonheur...

De cette aventure commune aux deux jeunes gens, l'histoire a surtout retenu le nom d'Ariane. De nos jours l'expression un « fil d'Ariane » signifie un moyen de se diriger au milieu des difficultés, un fil conducteur, un guide... « Perdre le fil » veut dire ne plus savoir où on en est. Quant à la célèbre fusée Ariane, elle doit son nom à un ministre passionné de mythologie grecque, qui imposa ce nom aux Européens. Il y voyait la certitude de « sortir du labyrinthe des échecs », comme Thésée sortit de celui de Crète...

« Se perdre dans un dédale »
ou Un inventeur génial

Dédale, homme plein de talent dans de très nombreux domaines, ne se doutait certes pas que son nom traverserait les siècles. Cet architecte et sculpteur sur bois vécut longtemps à Athènes, mais en fut chassé parce qu'il avait commis un meurtre. En effet, jaloux de son neveu Talos qui semblait avoir des dispositions d'inventeur et une intelligence supérieure encore à la sienne, il n'hésita pas à le tuer...

Le roi Minos le reçut alors en Crète, et lui demanda de concevoir un bâtiment pouvant abriter le Minotaure. Dédale créa le Labyrinthe, réseau inextricable de couloirs...

Lorsque le roi apprit que Thésée avait terrassé son taureau et s'était enfui avec sa fille, il soupçonna immédiatement son architecte de les avoir aidés. Furieux, il le fit enfermer avec son fils Icare dans le Labyrinthe.

Avec le temps, le nom de l'inventeur, Dédale, et de son invention, le Labyrinthe, devinrent synonymes. Au XVIe siècle, ils devinrent des noms communs et trouvèrent leur place dans le dictionnaire. *Un dédale*, c'est un lieu où il est difficile, voire impossible de se repérer. Où l'on risque de se perdre. C'est aussi une chose compliquée, embrouillée : d'où l'expression « se perdre dans un dédale ».

« LE TONNEAU DES DANAÏDES »
OU 49 FILLES EN COLÈRE

Il était une fois deux frères, Danaos et Égyptos, qui ne s'aimaient pas. Ils avaient pour père le roi Bélos, et vivaient sur des territoires éloignés. Danaos gouvernait la Libye et Égyptos, qui donnerait un jour son nom à l'Égypte, régnait sur l'Arabie.

Leur seul point commun était leur descendance : chacun d'eux avait eu, avec plusieurs épouses cela s'entend, cinquante enfants. Cinquante filles pour Danaos, et cinquante garçons pour Égyptos...

Cependant, à la mort du roi Bélos, il leur fallut se rencontrer afin de régler l'héritage. Bien sûr, ils ne furent d'accord sur rien et leur querelle devint si grave que, pour éviter qu'ils n'en viennent à se battre, Égyptos proposa une issue originale à leur conflit : unir tous ses fils à celles qu'on appelait les Danaïdes, les filles de Danaos, afin d'établir définitivement la paix.

— Pourquoi pas ? répondit Danaos en dissimulant sa surprise. Si tu le veux bien, je vais y réfléchir. Je te ferai parvenir ma décision dans quelques jours...

Puis il se retira en Libye dans son palais, en proie à d'obscures pensées.

« Égyptos me tend un piège, la paix n'a jamais fait partie de ses priorités. » Parfois, pourtant, il se sentait coupable de nourrir de tels sentiments à propos de son frère. En effet, si celui-ci s'était toujours montré sournois, déloyal et hypocrite, on pouvait aussi concevoir qu'il cherche à se corriger et que sa proposition de réconciliation soit sincère.

Incapable de prendre une résolution, Danaos jugea plus prudent de consulter un oracle[1].

— Vous avez eu raison de prendre conseil, déclara ce dernier. Car votre frère dissimule un terrible projet : dès que le mariage sera conclu, ses fils mettront à mort les Danaïdes !

Très abattu, le roi de Libye convoqua ses filles, fit rassembler ses biens dans des malles et se prépara à fuir son pays. Il savait qu'Égyptos, ne recevant aucune réponse de sa part, ne tarderait pas à lui rendre visite et mettrait à exécution son funeste dessein.

« Nous ne prendrons aucun risque en voyageant par mer, décida Danaos. En mettant cap au nord

---

1. Ici, un oracle signifie une personne qui prédit l'avenir.

nous rallierons la Grèce. Là, nous serons en sécurité. »

Ainsi fut-il fait.

La traversée se révéla agréable. Le temps était au beau, et les passagères et leur père soulagés de s'éloigner d'Égyptos. Ils firent escale sur l'île de Rhodes[1], où ils séjournèrent le temps nécessaire à l'édification d'un temple consacré à Athéna, et dans lequel Danaos lui fit ériger une statue.

Puis, forts de cette protection divine, ils embarquèrent à nouveau, se dirigeant vers la côte grecque, dans la région du Péloponnèse.

— Que viens-tu faire ici ? demanda Gélanor, le roi d'Argos, la ville où Danaos avait décidé d'habiter.

— Je souhaite m'installer sur ton trône, répondit sans plus de manière le père des Danaïdes. Devenir le nouveau roi d'Argos. Oh, je ne te veux aucun mal, mais sache que je suis protégé par Athéna...

Gélanor, stupéfait, allait refuser lorsqu'une ombre mouvante se profila sur la colline devant laquelle il se tenait, attirant son attention. Un loup s'avançait sans crainte vers les murs de la ville. Surpris par cette inhabituelle apparition, il observa l'animal qui,

---

1. L'île de Rhodes est située dans la mer Égée.

s'approchant d'un taureau puissant, l'attaquait puis le mettait à mort.

— Ça alors ! s'exclama-t-il, c'est invraisemblable !

— C'est un signe des dieux, affirma Danaos, persuadé que le loup n'était autre qu'Apollon.

Gélanor n'en douta pas un instant et, sans plus de résistance, laissa le nouveau venu diriger son royaume.

Les premiers jours passés en terre étrangère se déroulèrent pour le mieux. Les Danaïdes s'occupèrent à rouvrir les malles, choisir et aménager les chambres, pendant que leur père allait à la rencontre des habitants.

Un après-midi, alors qu'elles étaient tranquillement installées chez elles, des cris inquiétants troublèrent le calme du palais :

— Mes filles, mes filles, venez vite !

Reconnaissant la voix tourmentée de Danaos, les jeunes filles se précipitèrent les unes après les autres hors de leurs chambres. Le rejoignant, elles le trouvèrent appuyé sur une colonne de marbre, hors d'haleine et le visage défait.

— Père, mais qu'avez-vous ? Que se passe-t-il ?

Il attendit d'avoir repris son souffle puis lança :

— J'étais sur la colline, près des statues des dieux, quand, en contemplant la mer, j'ai vu une embarcation...

— Une embarcation ? le coupa une de ses filles, mais que voulez-vous dire ? Quel genre d'embarcation ?

— Ah mes enfants, laissez-moi raconter, c'est déjà difficile...

— Difficile, Père ? l'interrompit une autre. Mais pourquoi ? Vous ne pensez tout de même pas que...

Elles se regardèrent toutes avec effroi.

— Eh bien si je le pense, et j'en suis sûr même, car, de cette hauteur, la vue est parfaite. Après quelques instants, j'ai parfaitement distingué les hommes du bord, avec leurs peaux noires sous des tuniques blanches...

Il ne put en dire plus car les Danaïdes, affolées, se mirent à crier toutes ensemble :

— Oh, mon Père, les fils d'Égyptos !

— Qu'allons-nous devenir ? Où nous cacher ?

— Malheur ! Ils seront ici dans peu de temps, avec leur vengeance.

— Je tremble. Mais où sont les dieux ? Pourquoi ne font-ils pas couler ce sombre vaisseau ?

Attirés par cette cacophonie, les esclaves avaient afflué, et ils pleuraient en se tordant les mains.

— Allons, allons mes enfants ! reprit Danaos d'une voix plus ferme, rassurez-vous ! Nous ne sommes pas seuls. J'ai fait avertir la population d'Argos, ils nous soutiendront. Et puis nous avons évité la guerre une fois, nous trouverons le moyen d'y échapper encore...

En disant cela, leur père savait qu'une des façons de s'épargner un conflit était de se soumettre. Mais il se garda bien de l'exprimer tout haut.

Il ne fallut pas longtemps aux fils d'Égyptos pour demander une audience à leur oncle. Ce dernier la leur accorda, ayant eu soin auparavant d'éloigner ses filles et leurs esclaves.

— Pourquoi refuses-tu ce mariage ? lui demandèrent-ils. Nous ne voulons aucun mal à nos cousines, mais si tu rejettes cette union une fois de plus, notre père viendra se joindre à nous pour te combattre. Nous serons alors contraints d'assiéger la ville et le palais.

Danaos réfléchit. Il n'avait aucune envie de revoir Égyptos et savait que, nouvellement installé dans ce pays, il risquait de ne pas être très soutenu en cas de conflit. Il se résolut donc à un accord.

— Soit ! déclara-t-il à ses neveux. J'accepte ce mariage et je vais dès à présent mettre tout en œuvre pour organiser la célébration.

Puis il rappela ses filles et eut un long entretien avec elles.

Les noces furent magnifiques. Les Danaïdes rayonnaient, éblouissantes dans leurs voiles de jeunes mariées, et leurs époux, très fiers, les regardaient avec admiration. Les mets étaient irréprochables et la douceur de l'air incita à quelques promenades romantiques sur la plage. Personne n'aurait pu imaginer qu'une grave mésentente avait touché cette famille de princes et de princesses.

Tout était parfait, et même Danaos semblait apaisé.

Au petit matin pourtant, alors que tout le palais paraissait sommeiller, un cri épouvantable se fit entendre. C'était celui d'une femme de chambre qui, sous le coup de l'émotion, s'évanouit. Dans le couloir où elle s'était aventurée, la pauvre s'était trouvée face à un bain de sang et à des têtes coupées. Quarante-neuf têtes d'hommes sagement alignées.

Alertée, Hypermnestre, une des Danaïdes, sortit précipitamment de ses appartements, suivie de son mari Lyncée. Elle aussi poussa un gémissement lugubre :

— Qu'avez-vous fait, mes pauvres sœurs ? Pourquoi avoir obéi à notre père ?

Puis elle s'effondra dans les bras de son époux.

Furieux, Danaos fit jeter Hypermnestre en prison. Puis il alla aider ses autres filles à se débarrasser des têtes. Tout était pour le mieux. Chacune avait parfaitement joué la comédie imaginée par le roi d'Argos, cachant soigneusement un court poignard dans ses vêtements, et, la nuit venue, égorgeant son époux.

Mais les juges ne l'entendirent pas ainsi. Libérant Hypermnestre, ils laissèrent son mari Lyncée se venger de l'assassinat de ses frères : Danaos et quarante-neuf de ses filles furent passés au fil de l'épée.

Arrivées aux Enfers, les filles du roi d'Argos furent condamnées à remplir éternellement d'eau un tonneau qui n'avait pas de fond.

C'est de cette histoire que nous vient l'expression de « tonneau des Danaïdes ». Elle désigne aussi bien une tâche sans fin, qu'un travail impossible à terminer. Quelque chose qu'il faut sans cesse recommencer...

Partie IV

ET TANT D'AUTRES PETITES HISTOIRES DES EXPRESSIONS...

Il reste beaucoup d'expressions venues du monde grec. Je ne résiste pas au plaisir de vous en dévoiler encore neuf parmi les plus employées.

« Être dans les bras de Morphée »

Pour la plupart d'entre nous, cette phrase signifie « dormir ». Pourtant, son sens exact n'est pas tout à fait celui-là. En effet Morphée, fils du dieu du Sommeil Hypnos et de Nyx, déesse de la Nuit, est quant à lui le dieu des Rêves. Tomber dans les bras de Morphée veut donc dire précisément sombrer dans les rêves. Ce dieu était représenté une fleur de pavot dans la main. Le pavot est une plante médicinale dont on tire une drogue, l'opium, et qu'on utilise pour fabriquer ce puissant médicament qui endort la douleur et à qui Morphée a donné son nom : la morphine.

« Avoir un œil de lynx »

Lyncée était l'un des cinquante navigateurs embarqués sur le navire Argo, et partis avec Jason à la recherche de la Toison d'or. On disait de Lyncée qu'il avait une vue perçante, comme le lynx, cet animal sauvage cousin du chat. « Avoir un œil de lynx » peut signifier avoir un regard perçant, mais aussi, au sens figuré, voir clair dans les affaires, être perspicace.

« ÊTRE UN BÉOTIEN »

    La Béotie, région du centre de la Grèce, avait Thèbes pour capitale. Les Athéniens n'aimaient pas les Béotiens et disaient d'eux qu'ils n'avaient ni éducation ni culture. Ils les trouvaient bien moins raffinés qu'eux, voire même carrément rustres... Ils les regardaient donc de haut. Le nom commun béotien qualifie aujourd'hui une personne peu ou pas cultivée, ou à l'esprit lent. L'expression « être un béotien » est utilisée aussi pour parler de quelqu'un qui ne connaît pas le sujet dont on traite : « être un béotien en matière de peinture » par exemple. Ce n'est bien sûr pas un compliment...

« Prendre le taureau par les cornes »

Héraclès est le fils de Zeus et d'Alcmène – voir l'histoire « Avoir un sosie ». C'est un héros aimé par son père mais détesté par Héra qui cherche à tout prix à s'en débarrasser. Très fort, courageux, il fut chargé d'éliminer des monstres au cours des douze travaux qu'il eut à accomplir. Son onzième travail fut de dompter un taureau colossal vivant en Crète, et il en vint à bout en saisissant les cornes du taureau à pleines mains avant que ce dernier ne l'empale, puis en l'obligeant à garder la tête basse. Cette expression signifie aujourd'hui affronter les difficultés avec courage, ne pas fuir, se montrer déterminé.

« Une mesure draconienne »

Dracon fut un homme politique à Athènes, au VIIe siècle avant Jésus-Christ. Il édicta des lois très sévères, allant jusqu'à punir de la peine de mort des individus ayant commis des fautes légères. L'expression « draconien » ou « draconienne » est restée. Un régime draconien est un régime dur, presque inhumain. Une mesure draconienne est très, parfois même trop, rigoureuse.

« Poursuivre une chimère »

À la fois lion, chèvre, dragon, la Chimère était un monstre, née de l'union de Typhon et Echidna. Elle vomissait des flammes, dévorait les humains. C'est Bellérophon, monté sur le cheval ailé Pégase, qui réussit à la tuer en enfonçant dans sa gueule un épieu garni de plomb qui fondit dans les flammes et l'étouffa. Le mot « chimère » est devenu un nom qui signifie une illusion, une création imaginaire. « Poursuivre une chimère » signifie donc avoir une idée ou un projet irréalisable, sorti tout droit de son imagination.

« ÊTRE LA MUSE DE... AVOIR UNE MUSE... »

Les Muses étaient neuf divinités, filles de Zeus et de Mnémosyne – la Mémoire –, belles, intelligentes, elles étaient vénérées comme des déesses. Toutes avaient de grandes qualités artistiques, mais chacune dans un domaine particulier. Clio, par exemple, était la Muse de l'Histoire, Thalie celle de la Comédie, Uranie celle de l'Astronomie, Euterpe celle de la Musique... Les poètes les honoraient particulièrement.

Aujourd'hui « être la muse de quelqu'un » signifie être son inspirateur ou son inspiratrice, celui qui lui donne envie de créer. De même qu'« avoir une muse » veut dire être inspiré par quelqu'un. « Taquiner la Muse », c'est pratiquer une des activités des muses, la musique par exemple.

« Vivre de manière spartiate »

Sparte était une puissante cité grecque. Dans l'Antiquité, elle a été souvent opposée à Athènes, notamment pendant la guerre du Péloponnèse (au Ve siècle avant Jésus-Christ) où Sparte obtint la victoire. Il faut dire que son système d'éducation était très rude et contraire aux idées athéniennes. À Sparte les enfants quittaient leurs parents à l'âge de sept ans et l'État les prenait en charge pour en faire des guerriers. Ils étaient soumis à la faim, au froid et recevaient des châtiments corporels. Cela en faisait des adultes capables d'endurer les pires conditions de combat. De nos jours « vivre de manière spartiate », c'est se débrouiller avec le minimum, sans aucun confort, « à la dure » comme l'on dit quelquefois.

« Un cheval de Troie »

La formidable invention d'un cheval de bois dans le ventre duquel sont cachés les meilleurs guerriers grecs serait due à Ulysse. C'est grâce à ce piège que Troie, qui croit recevoir un cadeau, est finalement vaincue. Aujourd'hui, l'expression « un cheval de Troie » signifie un cadeau empoisonné, un don qui vous apporte plus de problèmes qu'il n'offre de joie. En informatique, un « cheval de Troie » est le nom donné au système qui pirate un ordinateur en profitant d'une faille pour en prendre le contrôle par l'intérieur.

ATTRIBUTS DES DIEUX GRECS ET NOM LATIN CORRESPONDANT

ZEUS, roi des dieux – JUPITER
HESTIA, déesse du Foyer – VESTA
DÉMÉTER, déesse des Moissons, des Saisons – CÉRÈS
HÉRA, impératrice, femme de Zeus – JUNON
POSÉIDON, dieu de la Mer, des Tempêtes – NEPTUNE
HADÈS, dieu des Enfers, époux de Perséphone – PLUTON
APHRODITE, déesse de la Beauté, de l'Amour – VÉNUS
HÉPHAÏSTOS, dieu des Forgerons – VULCAIN
ARÈS, dieu de la Guerre – MARS
ATHÉNA, déesse de l'Intelligence – MINERVE
APOLLON, le plus beau, dieu de la Lumière – PHÉBUS
ARTÉMIS, sa sœur, déesse de la Chasse – DIANE
HERMÈS, messager, dieu des Journalistes – MERCURE
DIONYSOS, dieu de la Vigne et du Vin – BACCHUS ou
  LIBER PATER

BRIGITTE HELLER

L'auteur est née en 1956. D'abord rédactrice publicitaire, elle s'est ensuite consacrée pleinement à l'écriture. Brigitte Heller est déjà l'auteur de plusieurs recueils et romans dans les collections « Castor Poche » et « Flammarion Jeunesse ». Elle vit en Auvergne.

Frédéric Sochard

L'illustrateur est né en 1966. Après des études aux Arts Décoratifs, il travaille comme infographiste et fait de la communication d'entreprise, ce qui lui plaît beaucoup moins que ses activités parallèles de graphiste traditionnel : création d'affiches et de pochettes de CD. Depuis 1996, il s'auto-édite, et vend « ses petits bouquins », de la poésie, sur les marchés aux livres... Pour le plaisir du dessin, il s'oriente vers l'illustration de presse et la jeunesse. Incontournable chez Flammarion, Frédéric Sochard a illustré des livres d'activités et de nombreux récits de contes et légendes dans la collection « Flammarion Jeunesse ».

TABLE DES MATIÈRES

PARTIE I
AUTOUR DES DIEUX

1. Les dieux, leur vie, leurs aventures	17
« Sortir de la cuisse de Jupiter »	18
« Avoir un sosie »	24
« Être paniqué »	28
« Une balise Argos »	33
2. Quand les dieux se montrent bienveillants...	39
« Toucher le pactole »	40
« Être riche comme Crésus »	46
« Être un pygmalion »	48
3. Quand les dieux abusent de leurs pouvoirs et sont désagréables...	53
« Être médusé »	54
« Le supplice de Tantale »	60
« Avoir des échos »	67
« Être narcissique »	73

PARTIE II
AUTOUR D'HOMÈRE

1. Autour de l'*Iliade* 81
   « Une pomme de discorde » 83
   « Jouer les Cassandre » 89
   « Un talon d'Achille » 97
   « Une voix de stentor » 104
2. Autour de l'*Odyssée* 107
   « Une éolienne » 110
   « Aller de Charybde en Scylla » 117
   « Avoir un mentor » 123

PARTIE III
AUTOUR DES MORTELS

« Avoir une épée de Damoclès » 134
« Le fil d'Ariane » 141
« Se perdre dans un dédale » 149
« Le tonneau des Danaïdes » 151

PARTIE IV
ET TANT D'AUTRES PETITES
HISTOIRES DES EXPRESSIONS...

« Être dans les bras de Morphée » 162
« Avoir un œil de lynx » 163

« Être un béotien » 164
« Prendre le taureau par les cornes » 165
« Une mesure draconienne » 166
« Poursuivre une chimère » 167
« Être la muse de... avoir une muse... » 168
« Vivre de manière spartiate » 169
« Un cheval de Troie » 170

Attributs des dieux grecs
et nom latin correspondant 171
Brigitte Heller 173
Frédéric Sochard 175

CONTES, LÉGENDES ET RÉCITS

Écoutons la voix des conteurs
qui nous font vivre
de fabuleuses histoires.

TITRES DÉJÀ PARUS

Flammarion jeunesse

9 HÉROÏNES DE L'ANTIQUITÉ
Brigitte Heller-Arfouillère

Derrière chaque héros, chaque dieu de l'Antiquité, se trouve l'histoire d'une femme. À travers récits, l'auteur nous livre leurs colères, leurs amours, leurs espoirs...
Tour à tour possessives, insoumises ou terribles, ces neuf personnalités bien différentes sont pourtant liées par un but commun : celui de mener leur vie selon leur désir quoiqu'il en coûte.

« Didon demanda aide aux dieux, hésitantes. Elle doutait de tout à présent. Qui dirigeait vraiment sa vie ?
Elle, reine de Carthage, ou tous ceux à qui l'on offrait des sacrifices afin qu'ils vous épargnent le pire des destins ? »

Flammarion jeunesse

10 CONTES DES MILLE ET UNE NUITS
Michel Laporte

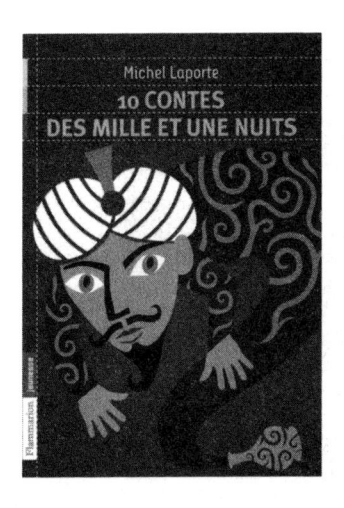

Il était une fois la fille du grand vizir, Schéhérazade,
qui toutes les nuits racontait au prince une nouvelle histoire
pour garder la vie sauve. Ainsi, naquirent Ali Baba
et les quarante voleurs, La fée Banou ou Le petit bossu...
Ces dix contes, aussi merveilleux que célèbres,
nous plongent au cœur de l'univers féérique
des Mille et Une Nuits.

*« Ali Baba entra dans la grotte ; la porte se referma
derrière lui, mais cela ne l'inquiétait pas
car il savait comment l'ouvrir. Il s'intéressa seulement
à l'or qui était dans des sacs. »*

Flammarion jeunesse

10 CONTES DU TIBET
Jean Muzi

Dans les hauteurs et sur les plateaux du Tibet, il est possible de croiser au détour d'un chemin monstres sacrés, crapauds réincarnés et autres princes répudiés... Ces récits légendaires ouvrent les portes d'un imaginaire surprenant et poétique, où la sagesse et la ruse tiennent une place essentielle. Dix contes pour faire entendre la voix de la culture tibétaine.

« C'est alors que le crapaud ouvrit la bouche. Et au lieu de son habituel cri métallique, il en sortit de vraies paroles qui émurent tant la vieille femme que des larmes de joie perlèrent sur ses joues ridées. »

Flammarion jeunesse

12 RÉCITS DE L'ILIADE ET L'ODYSSÉE
Homère, adapté par Michel Laporte

Généreux et colériques, fragiles et forts, les héros homériques sont humains ! Douze récits passionnants qui nous plongent au cœur des combats d'Achille et d'Hector, durant la guerre de Troie, et nous font voyager aux côtés d'Ulysse lors de son extraordinaire épopée. Des histoires qui, depuis l'Antiquité grecque, suscitent la même fascination...

« Je reconnais bien là ton cœur de fer. Mais prends garde à la colère des dieux ! Le jour est proche où, si brave que tu sois, tu périras à ton tour ! »

Flammarion jeunesse

13 CONTES DU CORAN ET DE L'ISLAM
Malek Chebel

De la naissance du Prophète Mahomet à son ascension au ciel, treize récits pour découvrir l'islam. Les figures les plus célèbres, Abraham ou Abou Bakr, y côtoient des personnages de contes comme Sindbad le Marin et son géant farceur. Tous ces récits ont en commun leur message, un message de lumière...

« Ismaël était né. Beau, comment pouvait-il en être autrement ? L'enfant est roi dans tout l'Orient, mais celui-ci était l'enfant d'Abraham. Hagar dit : il sera prophète comme son père ! »

Flammarion jeunesse

16 MÉTAMORPHOSES D'OVIDE
Françoise Rachmuhl

Ovide nous entraîne aux côtés des divinités et des héros les plus célèbres de l'Antiquité. Jupiter s'affirme en tant que maître du monde, Narcisse adore son propre reflet, Persée multiplie les exploits tandis que Pygmalion modèle une statue plus vraie que nature... Aventure, amour, défis et prouesses, un monde à la fois réaliste et merveilleux s'ouvre à vous.

« Acétès, chargé de chaînes, fut enfermé dans un cachot aux murs épais. Mais tandis qu'on préparait les instruments de son supplice, d'elles-mêmes les chaînes tombèrent, les portes de la prison s'ouvrirent, comme par un tour de magie. »

Flammarion jeunesse

18 CONTES DE LA NAISSANCE DU MONDE
Françoise Rachmuhl

Comment le monde est-il né ? Est-il sorti d'un œuf
comme un oiseau, d'un ventre comme un enfant ?
A-t-il flotté au fond des eaux ? Comment était-ce
avant les hommes, avant les animaux ?
Venus des cinq continents, ces contes peignent des visions
différentes de la naissance du monde, du ciel, des astres...
et même du moustique !

*« Avant nous, avant notre époque, disent les vieux,
il y eut quatre genres de vie, quatre genres d'hommes,
sous quatre soleils différents. »*

Flammarion jeunesse

30 CONTES DU VIÊT-NAM
Nguyên-Xuân-Hùng

Pourquoi le tigre a-t-il des rayures ?
Quelle est l'origine des singes aux fesses rouges ?
D'où viennent les moustiques ? Les contes de ce recueil
nous transportent des rizières embrumées aux temples
cachés dans la jungle, pour nous plonger au cœur
d'un mystérieux Viêt-nam. Un merveilleux voyage
dans les profondeurs de l'Asie !

*« Le buffle, qui assistait à la scène, fut pris d'un fou rire.
Il riait en secouant si fortement sa lourde tête qu'il cogna
sa mâchoire par terre à s'en casser les dents. »*

Flammarion jeunesse

LES ANIMAUX, TOUTE UNE HISTOIRE...
Présenté par Anne de Berranger

Le renard apprivoisé du Petit Prince, la gentille couleuvre
de Jean de La Fontaine ou la pauvre chèvre de M. Seguin,
ces « héros-animaux » nous donnent bien des leçons !
Une invitation à plonger au cœur de grands textes
et à découvrir les aventures extraordinaires de ces animaux
qui, en prose ou en vers, nous soufflent leurs secrets...

« La chèvre entendit derrière elle un bruit de feuilles.
Elle se retourna et vit dans l'ombre deux oreilles courtes,
toutes droites, avec deux yeux qui reluisaient...
C'était le loup. »

Flammarion jeunesse

LES DIEUX S'AMUSENT
Denis Lindon

Un précis de mythologie aussi savant que souriant.
Un livre passionnant, drôle et instructif qui permet de
découvrir les plus belles histoires du monde :
les amours de Jupiter, les travaux d'Hercule, les colères
d'Achille, les ruses d'Ulysse... Des récits qui nous font
pénétrer dans l'univers extraordinaire
de ces drôles de héros !

*« Muni de son arc et de sa massue, Hercule se mit
à la recherche du lion de Némée et le trouva bientôt.
Il tenta d'abord de le tuer à coup de flèches, mais la peau
du lion était si épaisse que les flèches n'y pénétraient pas. »*

Flammarion jeunesse

*Composé par Nord Compo Multimédia
7, rue de Fives, 59650 Villeneuve-d'Ascq*

Imprimé à Barcelone par:

CPi
BLACK PRINT

Dépôt légal : mars 2013
N° d'édition : L.01EJEN000998.C006
Loi n° 49-956 du 16 juillet 1949
sur les publications destinées à la jeunesse